JN306583

野獣駆けろ

大沢在昌

集英社文庫

野獣駆けろ

1

傍若無人、という表現がぴったりくる。

圭介《けいすけ》は模造大理石の階段を降りながら思った。

サウンドのことだ。

重低音の16ビートが、ビルディングの一階から地下に続く通路全体を揺さぶっている。しかも音源はこのビルではなく、隣のビルの地下二階なのだ。

圭介とてディスコは嫌いではない。たまに興がのれば、最近ようやく増え始めた会員制の大人向けディスコに足を向けることもある。

問題は「箱」ではなく「客筋」である。いかに店側が内装に金をかけ、開店時のレセプションに有名人を呼んで箔《はく》をつけようと、ヘアリンスと防臭スプレーの匂《にお》いをふりまく若者たちが、あっという間に雰囲気を塗り変えてしまうのだ。

若者が楽しむのは悪いことではない。だが多過ぎるのは問題だ。

階段を降りきった圭介は眉《まゆ》をひそめて考えた。厚いカーペットをしきつめた店の入口には、タキシードを着た男が立って、圭介を値踏みするように見上げている。

銀座《ぎんざ》が爺いどもに、新宿《しんじゆく》は田舎のつっぱり坊主どもに、六本木《ろっぽんぎ》が遊び人を気どる青臭いじゃりどもに占領されてしまっては、行く場所がない。

「おひとりですか」

タキシードの男が進み出て訊《たず》ねた。この男も、そうしたじゃりどもの侵蝕《しんしょく》から、精一杯店を守ろうとしているのか。圭介はじゃりには見えないはずだ。

「待ち合わせだ」

圭介は答えた。

「どうぞ」

“Neptune” と金文字が筆記体で描かれたガラス扉を、男は押した。

カーペットの厚みが一センチほど増したようだ。別に礼をいうでもなく、のっそりと圭介は足を踏み入れた。決して圭介の動きが鈍いということではない。

百八十五センチの長身にしては、実に滑らかで無駄のない動きを、圭介はする。

あまり上手ではないピアノの弾《ひ》き語りと、これは食欲をそそる中国料理の香りが、耳と鼻に入りこんだ。目は、暗い店内に慣れるまで他の器官にわずかの間、遅れをとった。

正面がバーコーナーで、グランドピアノを楕円型《だえんけい》のカウンターが囲んでいる。両側が客席だった。各々のテーブルの横に並べられたスタンドが、料理の品々を淡く照らしている。

白いお仕着せを着たボーイが、トレイののったワゴンを押して動き回っていた。左の奥の席でグレイの袖《そで》がふられた。それを認めた圭介は、別に急ぐでもなく足を進めた。

テーブルには三組の皿とビール、それにピータン、水母《くらげ》などを中心にしたオードブルの大皿が並んでいた。二人の男が圭介を見上げる。一人は圭介と大学時代、同じクラスだった河合《かわい》、もうひとりは六十を越していると思われる老人だった。

河合は度の強いメタルフレームの奥から圭介に微笑《ほほえ》みかけた。

「やあ、高松《たかまつ》。久し振りだ、元気かい」

ナプキンをつかんで腰をおろすと、圭介は頷《うなず》いた。

「御覧の通りだ」

老人は淡いブルーのジャケットにオフホワイトのスラックスを着け、麻シャツの襟《えり》を開いていた。気障《きざ》だが、嫌味のないスタイルだった。そこに白の綿スラックスとネイビーブルーのブレザー姿の圭介が加わり、グレイの地味なスーツにタイをしめた河合の姿が、ひとり浮かびあがる。

「先生、彼が先ほどお話しいたしました友人の高松圭介くんです」

老人は興味深げに圭介を見守っていたが、河合の言葉には、ふりむきもせず素気《そっけ》なく頷いたきりだった。

「高松、こちらは辺見俊悟《へんみしゅんご》先生だ」

辺見の名を告げられても圭介の顔には変化がなかった。河合は文映社という出版社につとめている。で、圭介はいった。

「すると、作家の先生かな」

老人の鉤鼻《かぎばな》の上にある、茶がかった瞳《ひとみ》に火花が散った。だが一瞬で消えると、面白がっているような色に変わった。

何かいいかけた河合を制して、辺見はいった。

「ふん。君はあまり本は読まんらしいな」

じろじろと自分を見つめる辺見を、圭介は同様にじろじろと見返した。格好から見ても、この老人が金に困っていないことは確かだ。そこいらの企業を停年退職した雇われ役員あたりには、とても手が届かぬなりをしている。家のローンにも、子供の養育費にも、追われた経験はないにちがいない。お洒落《しゃれ》を含めて、自分を磨く作業には、しこたま金をかけている。貧乏作家あがりではない。もし、そうだとしたら、それはずっと昔の話だ。

「本は読む。だが小説はあまり読まない」

辺見の目にもう一度火花が散った。圭介の口調にこもった、わずかな侮蔑《ぶべつ》の匂いを嗅《か》ぎとったのだ。河合が焦《あせ》って身をのりだした。

「高松、辺見先生は大変立派な作品をお書きになっている。『陰《かげ》の間《はざま》』という名を聞いたことはあるだろう」

「あるような気がする」

「先生の作品だ」

「なるほど。で？」

「で、とは？」

「その大先生と君が、何の用で俺《おれ》を呼び出した。小説のネタにはならんぜ、俺は」

辺見は椅子に背をあずけ、興味を感じたような顔つきで圭介を見守っていた。

「まあ、飯でも食いながら話そう」

河合はいってボーイに手を振った。

「ここの北京《ペキン》ダックは結構いけるんだ」

フカヒレとカニの肉を煮こんだスープが運ばれてきた。ボーイが碗《わん》にとり分ける。

辺見が身を起こし、ひとさじすくうといった。

「君は何でもやるそうだな。暇つぶしになることなら」

「余計なお世話だ」

「なんだと？」

「高松！」

「人殺し、かっぱらい、売春、麻薬の売買、これはやらない。スポーツ、ギャンブル、酒、煙草《タバコ》、女、はやる」

「それ以外のものはどうなのだ」

辺見は尊大な口調で訊ねた。

「時と場合、だな。興味を感じれば」

「なるほど。結婚はしておらんのか」

「してない」

「賢明だな。どこかの会社、組織に所属しておるかね」

「いや」

「家族は？」

「おい、いったいこの爺《じい》さんは何のつもりで人のことを根掘り葉掘り訊《き》くんだ」

圭介は河合を見て訊ねた。ワゴンにのって、茶色く焼けたアヒルの皮が運ばれてきた。香ばしい匂いが漂った。

河合は二人を見比べて困ったような表情をした。何かをいいかけたが、再び辺見が腰を折った。

「君は本気で怒っちゃおらん。そうだな」

「いちいち怒ってどうなる」

「どうもならん。家族はおらん、ようだな」

「ああ、居ない。ひとりだ」

「年は、河合くんと同じかね。三十四？」

「そうさ。俺を養子にでもする気なのか」

「養子ではない。ボディガードをして貰《もら》いたいのだ」

　圭介は笑い出した。

　河合は慌《あわ》てて腰をうかした。

「高松、真面目《まじめ》なんだ。先生は何者かに命を狙《ねら》われている」

「俺には関係ない」

「俺がお前を先生に推薦したんだ。腕っぷしも強いし、時間もある。俺じゃ先生を二十四時間、お守りするわけにはいかない。先生はおひとりで暮らしてらっしゃるんだ」

「そんなに危いと思うのなら、警察に頼めばいい」

「先生は――」

「儂《わし》は国家権力を信用しない性質《たち》でな」

圭介は興味を感じたように辺見を見つめた。怯《おび》えている様子は、毛先ほどもない。

「俺が退屈して引き受けると思ったのか」

河合に訊ねた。

「お前以上に適任の人間はいない。頭もきれるし、腕もたつ。なぜだかは知らないが、あちこちに顔も広いじゃないか」

「やる気がなければ駄目だ」

「高松！」

「河合、確かに君から見れば、俺は退屈している暇人《ひまじん》に見えるかもしれん。だが興味のないことはしないんだ。年寄りのお守りは御免だよ」

静かにナプキンを外して圭介は立ち上がった。辺見は驚いた様子も見せない。

「悪いな、河合。君は変わってない、人が良すぎて、おまけに他人を頼りすぎる。辺見先生、この男を悪く思わんで下さい。真面目すぎるんだ、何事につけ」

「君にいわれるまでもない」

辺見は冷ややかにいった。

河合は口をぱくぱくさせていたが、いうべき言葉が見つからぬようだ。そのすきに、圭介はさっさとテーブルを離れた。

店の出口では、さっきのタキシードの男が待ちかまえていた。会釈して扉を押す。

「いかがでした料理は？」

「悪くはなかった。少ししか食べなかったが」

「そりゃ、またどうして」

男は眉根《まゆね》を寄せた。

「人ちがいだったんだ」

圭介はいい捨てて階段を昇っていった。

街が混《こ》み出すには、まだ時間があるようだ。圭介は腕時計を見た。

午後八時を回ったばかりだ。ポケットに手を入れて歩き始めた。

ディスコばかり入っているビルの入口にはもう若者たちが集まり始めていた。それらをやり過し、飯倉片町《いいくらかたまち》の方に向かう。交差点を麻布《あざぶ》の方角に下った。

左側に黒い金属の門を構えた、南欧風の建物がたっている。店の表示も何も出ていない木の扉には、青銅のノッカーとのぞき窓がついているきりだ。

圭介は扉を押した。中は、小さなバーカウンターで区切られていて、左奥が鏡のはまった酒棚、右側がボックスである。

カウンターの中に男が一人いるきりで、店の中は静かだった。男は、背が低いものの、がっちりとして分厚い胸をしていた。黒いビニールのエプロンを首から下げている。

青銅の小さな人形が黒く塗ったカウンターのはじに並んでいた。どの人形も、槍《やり》や弓、刀や斧《おの》を構えた、戦士の姿をしている。

カウンターの男は低く口笛を吹いた。

「高松さん、珍しいですね。こんなに早く」

圭介は小さく頷いた。

「ジントニック」

「わかりました」

男はカウンターの内側からひと抱えもある氷の塊を、ひょいとつかみ上げた。音も立てずに流し場におき、アイスピックを立てる。コツを心得ているのか、さほど力を入れる様子もなく、数回つき立てただけで氷は二つに割れた。

冷蔵庫から冷やしたグラスを取り出し、氷とジンを入れ、トニックウォーターの壜《びん》と共にカウンターに並べる。

圭介がトニックウォーターをつぐ間に、男はカウンターのはじにかがみこんだ。テープをデッキに装着するカチリという音がした。低いボリュームで、抑揚のない歌声が流れ出す。

グラスをおろして圭介はいった。

「あいかわらずシャンソンが好きだな」

男はエプロンのポケットから両切りのキャメルをとり出し、にやりと笑った。

「それも元気のないのがね」

「しばらくこちらにいるのかい」

　ふた口目を飲んで圭介は訊ねた。コルクで作られたコースターには“AX”（斧）と店の名が入っていた。

「仕事がないんでね。もうそろそろ引退ですよ」

　男は冷蔵庫からバドワイザーの壜を取り出して答えた。栓をひねって外すとき、左手の甲に、小さな青い刺青《いれずみ》が見えた。

「ボディガードをやってくれって今頼まれたばかりだ」

　圭介はハイライトを取り出していった。手ずれしたジッポの炎がさし出される。

「それで？」

「断わったよ。清水、やるかい？」

　清水は肩をすくめた。髪を短く切り揃《そろ》え、陽に焼けた顔は岩を刻んでつくったように、ごつごつしている。

「あまり興味はおきませんね。おおかた暴力団あたりが相手でしょう。連中の相手は店の中だけで充分です」

　圭介は微笑した。清水が身をかがめると、正面の鏡に自分の顔がうつる。圭介は自分と見つめあった。

髪はそう長くない、分け目がはっきりしないようにカールさせるために毎月かなりの金を美容師に払っている。目と顎《あご》が、圭介の顔のポイントだ。

辺見もそうだったが、日本人には珍しい、茶の瞳を持っている。たいていは冷たく澄んでいる。

顎は意志の強さを表わしている。頑丈な骨組が、顔面にまでその存在を誇示しているのだ。

その顔に清水の背がかぶさった。

「これからどうするんです。呑《の》み歩き？」

「他に何かすることがあるかい」

「渋谷《しぶや》にポーカーとブラックジャックの賭場《とば》が立っているそうです」

「そそらないね」

「赤坂《あかさか》で会員制クラブの麻雀《マージャン》」

「同じく」

「群馬で闘鶏」

「血を見るのは好きじゃない」

清水は口をへの字に曲げて見せた。空になったグラスを押し出し、圭介は立ち上がった。

「また後で寄るかもしれない。今夜は混みそうかい」

「いつもと同じですよ」

ビール壜をかかげて清水は答えた。

「閉めるときに、まだ車が駐《と》まっているようだったら移動しておいてくれよ」

「今はどこに？」

「お宅の真裏だ」

圭介は上衣《うわぎ》のポケットからキイホルダーを投げた。麻布警察は年に数度だが、駐車違反の取締りに熱心になる。今夜がそうではないとは、いいきれない。

「先だってやったから今日は大丈夫でしょうがね」

キャッチして清水はいった。彼は店の二階に、一人で暮らしている。

軽く頷くと扉をひいた。表はようやく夜らしい雰囲気を得つつあった。かつて幾度となく、スクリーンの中で怪獣にへし折られ、倒され、時には繭《まゆ》までかけられた東京タワーに明りがともっている。ラッシュを過ぎた車の洪水は、新たな目的を持って六本木の交差点になだれこもうとしていた。

圭介は二軒の酒場を回り、三軒目をディスコにした。今までいったことのない店を選ぶ。

コインロッカーが店の玄関に並び、扉の奥からサウンドの響きが聞こえてくるような店だ。中に入ると、板張りの店内はアメリカンスタイルを真似《まね》るように、丸テーブルが点在している。

髪を赤茶にしたサーファーを気取る娘たちが溢《あふ》れていた。カウンターに並んで、薄い水割りを貰うと、圭介は店内を歩き回った。

明らかに彼はここでは目立った。年を食いすぎているし、男臭すぎる。

ステンドグラスのはまったランプのわきで圭介は若者たちを観察した。

皆、制服を着るように、画一的ないでたちをしている。ポロシャツ、ヴェスト、コットンパンツ、スニーカー。

インドアアスレチッククラブのようなダンスフロア。チークナンバーは一曲もかからない。

刺激的な部分はどこにもない。丸テーブルの灰皿をひきよせ、圭介は煙草に火をつけた。ヒット曲らしきものがかかると、フロアはわっと一杯になる。

馬鹿げて大きい熱帯樹の鉢植えが店内には置かれている。そのひとつに、圭介はグラスの中味を空けた。

フロアをあぶれた娘が二人、近寄ってきて圭介のテーブルに止まった。高いストゥールに尻《しり》をのせ脚をゆらす。年の割に、胸と尻は発達していた。

二人は、つまらなそうに煙草を吹かす圭介を見つめた。好奇心が瞳に輝きとなって表われている。

「そんなに面白い顔かい？」

圭介は訊ねた。二人が顔を見合わせ笑う。

「結構、年いってるでしょ」

右側の、髪をボブにした娘が訊いた。よく陽に焼けている。

「俺が？　君らより十《とお》は上だ」

「やっぱり、ね」

髪を段カットにして、赤くした左側が頷いた。右側はポロシャツに、ゴルフウエアのような短いスカート、左側はTシャツにコットンパンツを着けている。

「オジンが嫌いってわけじゃないのよ」

顔だちではましな方の左側がいった。胸の大きさで勝ちをおさめる右側がつけ足す。

「むしろ、あたしたちはそっちの方が好みなの。渋くて」

「落ちついてるじゃない」

「それにお金も持ってるし」

「腹が空いてるのか」

「少し」

圭介も空腹を覚えていた。ディスコの店内にもバイキング型式のビュッフェがあるが、とても手をつける気にはなれない代物《しろもの》ばかりだった。

「肉は食べるかい。炭焼きの」

二人は顔を見合わせ、頷いた。彼女らは獲物《えもの》にありついたわけだ、娘に食事をおごりたがる、アホなオジンに——圭介は思った。

「よし、行こう」

蒸し暑いディスコを三人で出た。十一時を過ぎ、六本木交差点附近《ふきん》はタクシーの客待ちで溢れている。

小さなステーキハウスに、圭介は二人を連れこんだ。彼女らの求めに応じてワインを抜き、松阪牛のサーロインをオーダーする。

ボブカットが清美、サーファーカットがユカと名乗った。清美が十九、ユカが二十、二人は同じ短大の学生だった。

適度な運動の後、空腹状態で胃に入るワインは、予想以上の酔いをもたらす。まして、すでに〝トロピカルドリンク〟と称する怪しげなアルコール類を摂取した二人には、なおさらだった。

肉が終わり、デザートのフルーツが出る頃になると、効果は明らかになっていた。清美もユカも目がうるみ、頰《ほお》が赤らんで満足気な溜息《ためいき》を洩《も》らしている。

たまには青い果実をかじってみるのも悪くない。圭介は濃いコーヒーをすすりながら思った。

「ねえ、高松さんは何をしている人？」

ユカが訊ねた。

「何も、別に何もしていない」

圭介は首を振った。

「うそーっ」

「本当だ。毎日遊んで、女の子たちに食事を奢《おご》るのが趣味なんだ」

「すごーい。お友達になっちゃう」

「もう友達じゃないか」

「そんな意味じゃないわよ」

ユカがテーブルの下で圭介の脚を蹴《け》っていった。

「じゃあどんな意味だい」

「馬鹿、フフフ」

男をたらしこむ術《すべ》だけは身につけているようだ。おそらく毎日、腕を磨いているのだろう。

「あたしたち、いつもだったら御飯だけ食べてバイバイするのよ」

「ＡＸ」のカウンターにかけて清美がいった。清水が無言で苦笑する。

「そう。ダサいオジンとかサラリーマンてさ、すぐ御飯食べようか、って迫るんだもん。下心見え見えよ」

ユカが大げさに頷いて、目をくりくりさせた。

「なるほど」

「でも高松さんは特別よ。ちゃらちゃらしてないしさ、格好いいもん」

「勲章がもらえるかな」

「あ、げ、る」

清美が耳元で囁《ささや》いた。他に客のいないカウンターで、娘たちは圭介をはさむように腰かけている。

「よし、じゃあ貰いに行こう」

圭介は腰を上げた。清水からキイを受けとり、軽く頷いてみせる。

「年寄りの冷や水になりかねませんよ」

清水が低くいって笑った。

片手を上げて「ＡＸ」を出る。二人の娘はおとなしくついてきた。

「ここで待っててくれ、今車を回すから」

いいおいて、店の裏手に駐めておいた車に乗りこんだ。小豆色《あずきいろ》の車体が鈍く光っている。キイを差しこむと、上げておいた幌《ほろ》をおろし、発進した。

二人の前に車を回すと、息を呑んで見つめた。

「すごい車！　何ていうの、外車？」

息もつがずに訊ねるユカに、清美が答えた。

「アストンマーチンよ、ボランテってやつ」

そそくさと乗りこむ。

「コンバーティブルじゃない」

「ドロップヘッドクーぺっていうのよ、知らないんだから」

おや、と思って圭介は清美を見つめた。この娘は意外に車に詳しいようだ。

「ねえ、どこ行くの」

圭介の膝《ひざ》にじゃれついてユカが訊ねた。清美は後ろから圭介の首に腕を回している。

「どこがいいんだ」

「高松さんの家、どこ？」

ホテル代を節約させてくれるとは、奇特な心がけだ。圭介は溜息をついた。

「この近くさ」

「どこどこ？」

「南麻布」

「マンション？　一人？」

「マンションじゃない。一軒家、ひとりだよ」

答えておいて、スタートした。きゃっと叫んで、二人は圭介の体にしがみついた。排気ガスと人いきれを吸いこんだ夜風が頬に当たる。彼女らは乏しいボキャブラリーでその快感を素直に表現した。

「すごーいっ、気持いいっ」

「ね、行こ、行こ。高松さん家《ち》」

その気ならつきあうまでだ。圭介は麻布十番まで下ると、タイアを鳴らしながら右折した。黄色い悲鳴が耳元で上がる。

陽が昇るまでは決して眠らない街のすぐ近くに位置していながら、圭介の住む家が建つ一角は驚くほど静かだった。午前二時を過ぎ、あたりの家は皆、灯《ひ》を落としている。古い造りのどっしりとした石塀で囲われた屋敷や、西欧風の洒落た外人住宅が並ぶ小道を、圭介の車は走り抜けた。

袋小路のつき当たりが圭介の家である。二階建てのこぢんまりした家だが、設計者は二十年も前に死んだドイツ人である。建物の下がコンクリート敷きの駐車場で、向かって右側にアイヴィのからんだ石段が数段ある。それを昇ると、重厚な彫刻を施した扉がはまった玄関だ。四年前に圭介が買ったときですら、都内の最高級のマンションの部屋を二室買える値段だった。

「ここで降りて」

駐車場に車を入れるべく、減速し、一旦《いったん》停止すると、圭介はいった。娘たちは素直に従った。

幌を上げながら圭介はゆっくりと車を進めた。バックミラーの中に、テールランプで赤く染まった二人の娘の顔がある。

駐車場に進入したとき、右の視界の隅に、見慣れぬものが入った。車を駐め、ライトを消して、キイを抜くとその正体を確かめるべく、石段を昇った。

ブロックの手すりによって小路からの視線を遮断される部分にそれはあった。つけたままで出てきた玄関灯に照らし出されている。圭介はかがみこんだ。

扉にもたれかかるようにしてうつむいているその体を起こした。開いた目と、ふくれあがり、飛び出した舌が、圭介と向かいあった。手を放すと、元の位置に戻る。

頭が扉にあたり、ゴツンと音をたてた。

圭介は立ち上がり、上衣から財布を取り出して紙幣を抜いた。

石段を降りると、何も知らずに待っている娘たちにその金をさし出す。

「今夜のパーティは延期にしよう」

「えーっ」

二人は顔を見合わせ、圭介を見上げた。

「そんなー」

「せっかく……」

口々にいいかけるのを制して、圭介はきっぱりといった。

「帰るんだ。また会いたくなったら、今日のディスコに行く。タクシー代だ、さあっ」

ぶつぶつと呟《つぶや》きながらも金を受け取った、娘たちの背を圭介は押した。

二人の姿が小路の入口の角を回って見えなくなると、圭介は玄関に戻った。

家の電話を使うわけにはゆかない。扉を開く邪魔になる位置にそれはあるのだ。

車にも電話は付いている。

圭介は車に戻ると、キイを差しこみ、ルームランプを点《つ》けた。受話器をつかみ上げた右手が汗で濡《ぬ》れている。

一一〇を押し、出た相手に圭介はいった。

「殺人があった」

2

「お名前からまずうかがいましょう」

「高松圭介」

「お年は」

「三十四」

「住所は」

「ここだ。港《みなと》区南麻布×―×―×」

「お仕事は」

「何も」

「何もというと？」

手帳から目を上げた刑事に、圭介は答えた。

「何もしていない。無職だ」

「ほう……」

刑事は背後にすわる上司に目を向けた。向けられた方は年齢五十一、二。瘦《や》せていて、面長《おもなが》で、優しげな眼元にはおっとりとした笑みが漂う。佐伯と名乗った。手帳をつけている刑事は杉田といって、四十二、三だろう。

杉田は白のポロシャツにグレイのスラックス、佐伯は上品なウインドウペインのジャケットにループタイをしめていた。

場所は圭介の家の居間だ。どっしりとした檜《ひのき》の一枚板で作られた細長いテーブルを前に、背もたれのまっすぐな籐椅子《とういす》にかけている。死体はすでに運び出され、検証も終わりに近づいていた。ただし、圭介だけが残され坊主だった。駆けつけた制服警官に話し、麻布署の刑事に話したお話を、もう一度、警視庁からやってきたこの二人におさらいしている。

杉田は居間の中を見回した。十二畳ほどで、壁には暗い街を描いた絵が一枚、ニューヨークの夜景を壁一面に広げた写真パネルが一枚、かかっている。サイドテーブルにはどっしりとした陶器のスタンドがのり、発する淡い光を、サイドボードに並ぶ酒壜が鈍く反射している。部屋の隅には、小さな冷蔵庫を備えたホームバーもあった。

床のカーペットは茶褐色の格子模様で玄関からしきつめられて続いている。

「こちらにはいつ頃からお住まいで？」

杉田が質問に戻った。

「四年前だ」

「それまではどちらに」

「どこにも」

「どこにも、というと？」

「どこにもいなかった。世界中、あちこちを流れ歩いていた」

「すると今の生活はどうやって……？」

「遺産だ。金持の叔父さんがいて、俺《おれ》の他に身寄りがなかった」

「なるほど。ではその遺産でこの家を買い、生活をしていらっしゃるというのですな」

「そうだ」

嘘《うそ》をつけ、といわんばかりに杉田の眼が凄味《すごみ》をおびた。続いて何かいいかけたのを、佐伯が咳《せき》ばらいでさえぎった。

「杉田くん、本題に戻ろうじゃないか」

「はい」

不承不承といった調子で杉田は、新たなページをくった。ひきかえ、佐伯の方は、圭介と眼が合うと、そこはかとない笑みすらうかべてみせる。

「玄関で死んでいた男性は知りあいの方ですか」

「そうだ」

圭介はいって、煙草《タバコ》をとり出した。杉田がじろりとにらんだが無視して火をつける。佐伯が無言で、手元にあった木製の灰皿を圭介の前に押しやった。おっとりした笑みは消えていない。

「どういう関係ですか」

「大学の同級生だ」

「名前とその他、わかっていることを」

「河合、河合何というかは知らない。文映社という出版社につとめている——いた。年は同じで三十四、結婚している。真面目《まじめ》で人の恨みを買うような奴《やつ》じゃない」

「最後に会ったのは？」

「今夜だ。午後八時から十分ぐらい」

「どちらで」

「ネプチューンという中国料理屋だ、六本木にある」

「偶然、それとも約束をしていた？」

「約束をしていた。呼び出されたのだ」

「二人だけですか」

「いや。辺見俊悟という作家がいた」

「ほう」

杉田は佐伯をふり返った。しかし佐伯は微笑して、何もいわない。

「約束をしていたにしては十分間だけというのは短いですな」

「話がかまなかった」

「かまない——？　どういう意味です」

圭介は煙草を消して立ち上がった。驚いたように杉田と佐伯が見上げた。

「彼らは、俺に仕事を手伝って貰《もら》いたがっていた。だが興味がないので断わった」

「そのことでいい争った」

「いいや、争わない。さっさと出てきた」

「それが八時少し過ぎ。それからどうしていました」

「呑《の》んでいた」

「どこで」

「六本木だ」

「いつまで」

「帰って死体を見つけるまで。コーラか何かは？」

二人の警察官は首をふった。圭介はホームバーの冷蔵庫からジンジャーエールをとり出した。栓を抜くと、ラッパ飲みする。

「ここにすわって下さい」

苛々《いらいら》したように杉田がいった。圭介は無言で従った。

「どんな内容でした。仕事の話、というのは」

「資料を集めるとか何とか、そういう細々した仕事をかわりにやって欲しいといわれた。俺が暇だと思ったからだろう。断わった」

「河合さんは断わられて怒りませんでしたか」

「怒ったろうな」

か」

「それで喧嘩《けんか》になった。あなたの家まで酔った河合さんが押しかけてきた、ちがいます

「ちがうね。俺はさっさと、その中国料理屋を出た。三、いや四軒で呑んで帰ってくると、玄関に河合の死体があった」

「死体じゃなくて、生きた河合さんじゃなかったんですか」

「いや。もう冷たかった。目をむいて、舌をつき出していた」

杉田は鉛筆の尻《しり》でテーブルを叩《たた》いた。

「今のうちに話してしまったら、全部を」

「話している」

圭介はジンジャーエールの壜を掲げた。杉田の眼が憤怒に燃えた。

「まあまあ」

その肩を押さえて、佐伯がいった。のんびりと、とりなすような口調だった。

椅子ごと体を前にやると、穏やかな眼で圭介を見つめた。テーブルの上に身をのり出し、胸の前で手を組む。

「高松さん。ずっと公務員をやってきた私らから見ると、あなたはとても幸運な方だ。若いときに世界中を放浪し、親戚《しんせき》の財産を相続して、その年でこの一等地に一軒家を構えている。しかも生活のために働く必要がないばかりか、そうやって優雅に、呑みに出

かけられる。まことにもってうらやましい。杉田くんじゃなくとも、感情的になるのは仕方ありませんな。

しかし、今夜のあなたはそれほど幸運じゃなかった。何しろ、自分の家の玄関でお友達の死体を発見されたのですからな。親しくしていらしたんですか」

「それほどでもない。年に二、三度、会えば良い方だった」

「それにしてもお友達をなくされてショックでしょう」

「誰がやったか興味があるね」

佐伯は大きく頷《うなず》いた。

「死因は御存知ですか」

「見たところ、絞め殺されたようだったが」

「私らも同じ見解です。他の原因で亡くなられたのなら、明日か明後日の解剖でわかると思いますがね」

いいおいて、佐伯はじっと圭介を見つめた。陽に焼けた腕に佐伯が視線をすえるのを、圭介は感じた。

「スポーツは何かやられますか」

「ひと通りは」

「うらやましい。杉田くん、高松さんは運動神経の塊のようだ」

杉田は答えなかった。圭介のたくましい腕に冷ややかな視線を注いでいる。

「兇器《きょうき》を御存知ですか」

「ネクタイが首にからんでいた。夕方会ったとき、河合がしめていたものだ」

「観察力も鋭い。死体を発見して、それが友達でも、これだけ落ちついていらっしゃる。第一発見者がいつもこういう方なら私らの手間もずい分省けるのですがね。さりとて、第一発見者をまず疑え、というのもこういった捜査の鉄則でしてね。それを怠ると、新聞には、初動捜査の躓《つまず》きとして、ひどく非難されることになるのです。さて――」

佐伯は背すじをのばして、居間を眺めわたした。

「辺見俊悟氏といえば、戦後最大の文豪と申しても差し支えのない方だが、高松さんは以前からお知り合いで？」

「いや、初対面だ」

「私も実は辺見氏の書かれた小説のファンでして。どんな方ですか、辺見氏は」

「横柄な爺《じい》さんだ」

佐伯は困ったように眉根《まゆね》を寄せた。

「すると、決して良い印象ではなかった」

「と、なるね」

佐伯は首をふった。

「河合さんが辺見氏を連れてきたのですな」

「のようだ」

「二人の様子はいかがでした」

「爺さんが威張っていたよ。河合はえらく気を遣っていた」

「無理もないでしょうな。文映社といえば、最大手の出版社ですが、それでも辺見俊悟氏を相手にするとなれば……」

圭介は冷たく佐伯を見つめた。

「興味ないね」

佐伯は首をふった。

「では興味があるのは、この殺人を犯した犯人だけ、ということですな。それも結構、我々と興味の対象が一致するわけです」

失礼、と呟《つぶや》いてジャケットからラークを取り出して一本つけた。

「河合さんは、以前、高松さんのお宅を訪ねられたことがありましたか」

「二、三年前に一回、来たような気がする」

「ではそのときのことを覚えていらしたんでしょうな」

「うちの前で殺されたとどうしてわかる？」

佐伯は微笑した。

「鋭い御指摘だ。苦しまぎれにひっかいたのでしょうか、河合さんの爪《つめ》にお宅の玄関にある蔦《つた》の葉の切れ端が入っていました」

圭介は無言で頷いた。

「付け加えるなら、財布の中味が空で、腕時計もありませんでした。お会いになったとき、河合さんは時計をしめていらっしゃいましたか」

「していたようだ」

「なるほど、とすると犯人は金品が目当てだったのかもしれない。あのあたりはちょうど、人目を遮る、お宅の塀があるし、深夜ですから近所のお宅も寝静まっていた」

「と、訊《き》きこみでは出たのかな」

「それはまだ、私も聞いておらんのです。こうして、ずっと高松さんとお話をしていますのでね」

「それなら捜査の続きに戻ったら」

「これも捜査の一端でして」

圭介は肩をすくめて見せた。

「ともあれ、河合さんの死体を発見されるまでいらしていた六本木のお店の名をうかがっておきましょう」

圭介が挙げたのは「ＡＸ」をのぞくすべての店だった。

「この四つのお店だけですか」

「そうだ」

「ずっとおひとりで？」

「最後の店では女の子が二人いた」

「ほう。どこの女性ですか」

「知らん。ディスコで会った女子大生だった。腹が減ったというから食事を奢《おご》った」

「たいしたもんですな。その子たちの名前を覚えていますか」

「忘れてしまった」

杉田が唇をかんでにらみつけた。

「すると名前も知らぬ娘さんたち二人に食事を奢り、そしてすぐその後、別れた、とおっしゃる」

圭介は頷いた。

「こんな時間に、ついてくるお嬢さんを、その、どうかしてやろうとは考えなかった？ 失礼ですが」

圭介は首をふった。

「趣味じゃなかった」

「そういうことをするのが……？」

「いや。その娘たちが、だ」

佐伯は微笑して首をふった。

「店に訊《たず》ねれば一人じゃなかったことはわかる」

「お帰りはタクシーですか、それとも……」

「自分の車だ」

「ギャレージにあります、あの外車ですな」

いっておいて、佐伯は面《おもて》を曇らせた。

「すると、飲酒運転をされたことになる」

「そうなる」

「認めるんだな」

かみつくように杉田がいった。

「杉田くん、高松さんが認めているのは飲酒運転で、殺人じゃないぞ。我々は捜査一課から来ているんだ」

佐伯にたしなめられて、杉田は手帳に戻った。圭介をとっちめられる材料を手放すのが、惜しくてたまらぬようだ。

「明日でもこれらの店には、杉田くんに行って貰います。深夜のことですから、六本木からお宅まで十分も見ておけば充分でしょう」

空白の時間を見出《みいだ》せば、その時は、という意味なのだろう。

「ＡＸ」にいたのは大して長くない。せいぜい二十分である。その前に行ったステーキハウスの混《こ》みぐあいからすれば、怪しまれるほどの誤差は出ないにちがいない。

圭介は思った。

「河合が何時頃、殺されたのか、わかったのかな」

杉田の手帳をのぞきこんでいた佐伯が目を上げた。

「細かい数字まではね、ちょっと。まあ、高松さんが一一〇番をする一、二時間前といったところでしょう」

「課長！」

そんなことをいって良いのか、というように杉田が声を上げた。

「大丈夫、杉田くん。高松さんは我々に嘘をつくような人じゃない。ね、そうでしょ」

佐伯は圭介をじっと見つめた。その眼には微笑のかけらもなかった。


刑事たちが引きあげた後も、圭介はずっと居間のテーブルにすわっていた。酔いはとうに醒《さ》めてしまい、河合の死に顔だけが眼蓋《まぶた》の裏に貼《は》りついている。

「くそっ」

圭介は呻《うめ》いて、両掌《りょうて》で顔をこすった。居間には三枚のドアが面していたが、圭介は立ち上がると、その一枚を引いた。

左手に手洗、正面にバスルームがある。

ブレザーを居間の椅子にかけていた圭介は、ポロシャツとスラックスをむしりとるように脱いだ。

ぬるいシャワーを出し、頭からかぶる。シャンプーで頭髪を洗い流し、しばらくそうしてつっ立っていた。やがてコックをひねって湯を止め、バスルームのドアにかかっていたベージュのバスローブに袖《そで》を通した。

居間に戻ると、サイドボードからブランデーのフロスティボトルを抜き出しグラスに注ぐ。すぐには口をつけずに宙に目をすえていた。

かかっていた上衣《うわぎ》から煙草とライターを取り出し、火をつけた。最初の煙を深々と吸いこんで吐き出す。壁ぎわのサイドテーブルに置かれたクリスタル時計は午前六時を回っていた。もう外は明るい。

灰皿に煙草を置くと、グラスの酒をひと口すすり、圭介はプッシュホンを引き寄せた。

暗記していた番号を押す。

最初の呼び出しで、相手は受話器を取った。かみつくような口調で「もしもし」と叫んだ。

「俺だよ、高松」

相手は大きな溜息《ためいき》をついた。

「やれやれ、ひどい騒ぎだった。今朝四時に警察から電話を受けた宿直の者に起こされたんだ」

「あんたのところにも刑事は行ったのか」

「いや、おそらく今日、会社の方に来るだろう。しかし河合が殺されて、しかも死体が君の家の前で発見されたと聞いたときは正直、びっくりしたぜ」

「河合とは今夜、会っていたんだ」

「何だと！　それじゃあ河合は君のことに勘づいて——」

「ちがう。作家の辺見俊悟のボディガードを頼みに来たんだ」

「辺見先生が脅されている話は聞いていた。しかし、君にボディガードを頼むとはな」

「断わって別れた。八時過ぎだった。他を回って帰って来たら、河合がうちの前で死んでいたんだ」

「どうしてまた、そんな所で……」

「きっと俺にもう一度頼むつもりだったのだろうな」

「彼は知らなかったんだな、君が——」

「警察も知らない」

「いわなかったのか」

「遺産で食っているといった」

「なんてことだ」

「いいかい、ただでさえ世間じゃあ正体不明のノンフィクションライター阿嶋《あじま》進のことを知りたがっているんだ。もし、文映社の編集局長のあんたしか正体を知らないはずの阿嶋の家の前で、文映社の編集者の死体が見つかったことが公になれば、えらい騒ぎになるぞ。しかも、今まで俺の正体がばれていなかったお陰で協力してくれた情報源にはみんな逃げ出される羽目になるんだ」

「逃げるだけじゃすまないだろう。君の命も狙《ねら》われる、正体がばれてしまっては」

「そういうことだ。俺は仕事のときもあんたとだけしか接触をもたない。河合があんたの部下になったのは偶然だったから仕方ないが、これ以上は、文映社との関《かか》わりを一切秘密にしておきたいんだ。わかるだろ、児玉さん」

「わかるとも。しかしどこまで秘密にできるかな……」

「とりあえず今月号の原稿は、きのう速達であんたの家あてに送っておいたから、今日か明日には着くはずだ。今回の件には、阿嶋進は全く関係ない。あるのは、死んだ河合の元同級生で、遊び人の高松圭介だ。従ってあんたとは一面識もない、いいな」

児玉は仕方なさそうに返事をした。

「わかった」

「もし俺の正体がばれれば、危いのは俺一人じゃない。今まで俺に情報を提供してくれた連中もそうなる。そいつらみんながみんな、法治国家ジャパンにいるわけじゃないんだ」

「よし、警察には君について、シラを切ろう」

「そうしてくれ。それともうひとつある」

「何だ」

「辺見俊悟の住所を教えてくれ」

「どうするんだ」

「河合が誰に殺されたか知りたい」

「おい、まさか――」

「調べればすぐにわかることだ。手間を省くためにあんたに訊いている」

「探偵をやるつもりじゃないだろうな」

「河合がもし、強盗か何かに殺《や》られたのなら仕方がないさ。けれども、辺見の爺《じじ》いを狙った奴に殺られたとしたら、他人事じゃない。俺の家の前で殺られたんだ」

「無茶はやめてくれ、君はすぐに突っ走る性質《たち》だから――」

「早くしろ」

圭介はせきたてた。

「わかった、わかった。待ってくれ」

ぶつぶついいながら児玉は受話器を離れた。やがて戻ってくるといった。

「いいか」

「ああ」

「世田谷《せたがや》区豪徳寺《ごうとくじ》四—×—×……」

圭介は上衣から出した手帳に走り書きをした。

「頼むから、無茶は——」

「こちらから連絡するまで、俺のことは誰にも喋《しゃべ》らないでくれ」

「わかった。だから無茶は——」

圭介は受話器をおろした。

3

エンジンを切ると圭介は耳をすました。どこか遠くで幼児の叫ぶ声がしている。ちり紙交換の間のびした呼びかけが近づきつつあった。

キイを抜くと車を降りた。

大きな寺と公園を近くに眺める閑静な住宅街だ。圭介の住む町ほどバタ臭くないかわりに、気どりのない落ちつきがある。豪邸と呼ぶにふさわしい大きな家も来る途中、何軒か見ていた。

車を止めたのは片側一車線のアスファルト道路だった。建ち並ぶ住宅を縫うように、環状七号線までつながっている。

辺見俊悟の家は、古びているが決して安っぽくは映らない木造の二階屋だった。板塀で囲われ、門柱には木製の扉がついている。

門柱にとりつけられたインターホンを圭介は押しておいて、腕時計をのぞいた。

午後三時を少し回っている。

「はい」

金属質の女性の声が答えた。

「高松圭介といいます。辺見先生にお目にかかりたいのですが」

「どんな御用件でしょう」

「文映社の河合くんのことだと申しあげて下さい」

「少しお待ち下さい」

一分が過ぎ、二分にはいたらなかった。これだけは新たに取り替えたと思われる、合板にスティールを貼《は》った扉が開いた。中から現われたのは、年の頃が三十七、八の度の強い眼鏡をかけた女だった。だぶだぶのジーパンにポロシャツを着ている。

「どうぞ」

何の表情も浮かべずに、事務的な仕草で圭介を誘った。圭介は、扉が開く前にチェーンロックを外す音を耳にしていた。

女性の一人暮らしならともかく、昼間からチェーンロックをかける家は少ない。

三和土《たたき》でスリッパに足を通すと、古いが清潔な感じのする板の間を通った。家の中は乾いていて、冷んやりとした空気で満ちている。障子で仕切られた部屋の横手を幾つか通りすぎると、籐椅子《とういす》を並べた応接間に案内された。ガラス戸が開け放たれ、狭いが手入れの行き届いた庭が見える。

ガラスをはめこんだ籐のテーブルと椅子の他は、ビデオデッキとテレビ、冷蔵庫が並んでいる。マガジンラックに厚く重なった雑誌類は多種多様であった。編集者を待たせるときに使うのだろう。

一度姿を消したジーパンの女がコーヒーを運んできた。

「先生は今、おいでになります」

いいおいて消えた。圭介はブラックのまま、コーヒーを口に含んだ。強烈だが、苦味、酸味、ともにそれほど鋭くない、まろやかな味だった。

開け放たれた扉をくぐって、辺見俊悟が現われた。昨夜は気づかなかったが、辺見は百七十五センチを越す、堂々たる偉丈夫《いじようふ》である。

銀髪をきれいになでつけ、白のゴルフシャツにストライプの入ったスラックスを着けている。明るい日のもとで彼を見た圭介は、昨夜の印象より、だいぶ高齢であることに気づかされた。

「何の用だ。今朝は早くから警官どもがやってきて騒ぎおったので仕事にならんかった。午後になってようやく静まったと思えば、今度は君か」

「仕事を邪魔したのは申しわけない。だがこちらも迷惑をこうむったんだ」

辺見は圭介の向かいに腰をおろした。肉のついた尻《しり》の重みに、籐椅子が悲鳴を上げる。年の割には細くてしなやかな指が、テーブルの上の箱にのびた。右手の中指が他の指に比べ、倍近く太いことに、圭介は気づいた。

その指が取り出したのは、セロファンに一本一本包まれた葉巻だった。

くるくると包みをはがすと、辺見は葉巻の端をかみ取った。卓上ライターをつかみ上げ、カチカチとやる仕草を、圭介は黙って見つめていた。

そのライターの火つきが悪く、苛々《いらいら》した様子で辺見はのびあがった。奥の者に声をかけようというのだろう、圭介は懐からジッポをとり出して辺見の前においた。

辺見は一瞥《いちべつ》していった。

「儂《わし》はオイルの下品な匂《にお》いが嫌いなのだ。――おーい、マッチを持ってきてくれ」

のびあがった拍子に、シャツの胸元から白くなった胸毛がのぞく。若い頃は、毛むくじゃらのゴリラのような男だったにちがいないと、圭介は思った。

届けられたマッチで葉巻に火をつけると、辺見はようやく圭介を見つめた。

「で……？」

「昨夜、あれから何があった。それを訊《き》きたくて来たんだ」

眼元にわずかな皺《しわ》が寄った。河合が殺されたことに対して何の苦痛も感じてはいないようだ。

「それを聞いてどうする」

「河合は俺《おれ》の家の前で殺された。誰が何のために殺《や》ったのかを知りたい」

「ふむ」

煙を吐き出して、辺見は宙に目を据えた。

「多分、儂への脅しだろう」

「そのために河合を殺すのか」

「河合くんが強盗に殺されたのではない、とすればな」

「昨夜、あれからどうしたんだ」

辺見はうんざりしたように溜息《ためいき》をついた。

「また同じことをくり返せというのか」

「………」

「よかろう。あれから一時間ほどして儂らはあの中国料理屋を出た。それから河合くんが知っているというバーにいった。十一時頃、儂は眠くなったので帰った。河合くんは送るといったが、儂はそれには及ばんといって、ハイヤーを呼ばせた。その後は知らん」

「そのバーの名前は」

「『アマゾネス』。奇妙な女たちがたくさんおった」

「河合はそこに残ったのか」

「たぶん、そうだろう」

圭介は黙った。辺見は関係のないような顔で葉巻をくゆらしている。

「昨日のことはどちらがいい出したんだ。俺に会う一件は」

「河合くんだ。儂はボディガードの必要はない、といったのだが、彼はそう考えなかったようだ。良い男がいるといって、君を推薦したのだ」

「河合はなぜ、ボディガードが要ると思ったのだ」

「それを聞いてどうする」

同じ問いをくり返して、辺見はじろりと圭介を見た。

「犯人の見当がつくだろう」

「どうかな、脅迫が始まったのは二ヵ月も前のことだ。手紙や電話が最初だった。内容は馬鹿のひとつ覚えで『殺してやる』というものだった」

「警察には届けたのか」

「いいや。いったはずだ、儂はああいうものを信用せん。それに、ああいう馬鹿者にいちいちとりあっておっては、何もできなくなる」

「電話や手紙の次は何だ」

「放火だ。夜中に誰かが玄関のドアに石油をかけ火をつけおった。幸い、儂のところに河合くんが来あわせていて、二人で消しとめた」

「それも届けずか」

「ああ。届けたところで、犯人の挙がるはずがないからの」

「犯人を知っているような口ぶりだな」

「知らん。脅迫を受けたことはこれまでに何度もある。だが、まともに取りあったことはないのだ」

「だが放火は、手紙や電話とはちがうぜ」

「わかっておる」

ふてぶてしい態度はかわらなかった。

「あんたを恨んでいる人間はどうだ」

「恨まれるようなことをした覚えはない」

「なるほどな。河合の殺しを本当は自分と関係ない、そう思っているのだな」

「儂を恨んでおる人間が河合くんを殺すのは筋ちがいだ。儂は逃げ隠れしたわけではない。堂々としている」

「河合を殺したのは、脅しだといったろう」

「異常な手合いは何でもする」

「あんたを狙《ねら》っている人間は異常だというのか」

「かもしれん」

「正常な人間でも殺したくなるかもしれん」

「どういう意味だ」

「そういう意味さ」

　二人はにらみあった。

「脅しておいて、あんたに何かをさせようとしているかもしれない。あるいは逆に、何かをやめさせようと」

「それもあるな」

「だがそのために人殺しをするとすれば、並大抵《なみたいてい》のことじゃないぜ」

「そういうことだ」

「心当たりはあるのか」

「ないな」

　圭介は怒った。

「いいか、あんたのために河合は殺されたのかもしれないんだ。それなのにあんたは、そうやって我関《われかん》せずとした顔をして葉巻をふかしている。何とも思わないのか」

「儂にどうしろというんだ」

　冷ややかな怒りを面《おもて》にうかべて、辺見は訊《たず》ねた。

「知らん。だが一番いいのは、また他人を犠牲にする前にくたばっちまうことだろうな」

　圭介は立ちあがっていった。踵《きびす》を返そうとした彼の背に、辺見が声をかけた。

「待ちたまえ」

　圭介はふりかえり、辺見をにらみつけた。

「儂が河合くんが殺されたことに対して、何も感じていないように思っているのなら、それはちがう。彼は昨夜君がいったように、真面目《まじめ》すぎる点をのぞけば、いい男だった。もし儂を狙っておる人間が彼を殺したとすれば、絶対に許せん行為だ。そして、君が本気で殺った人間を捕えようと思っておるのなら、方法はないでもない」

「何だ」

「儂のボディガードをしてみることだ。そうすれば何か手がかりを摑《つか》めるかもしれん」

「真っ平だ」

いいすてて、圭介は出ていった。

アストンマーチンに乗りこむと、イグニションを回しておいて圭介は自動車電話をとりあげた。

「……文映社です」

「編集局長の児玉さんを……」

「そちら様は」

「阿嶋と申します」

「お待ち下さい」

カチカチという音が続いた。

「児玉はただ今、席を外しております。緊急の御用件でしょうか」

「できれば――」

「承知しました」

呼び出し音に変わった。受話器が持ち上がり、児玉の声が答えた。

「はい、第二応接室です」

「阿嶋だ」

「あ、どうもお世話になっております」

「来客中のようだな……」

「はい、申しわけございません」

「警察か」

「そのようです。今しばらくは……」

「一時間後に、お宅の近くの喫茶店でどうだ……？」

「はい、それでしたら何とか」

「来ているのは佐伯という刑事か」

「おっしゃる通りです」

「気をつけろよ。じゃ『種子島《たねがしま》』にいる」

「承知いたしました。それでは先生、失礼いたします」


「種子島」は店名の由来になった、古い先込め式の火縄銃が数挺《ちよう》、ガラスの陳列ケースに飾られている、木造の喫茶店だった。カウンターの中にいる親父《おやじ》ひとりと、手伝いの娘がいるきりで、文映社から少し離れた地点に建っている。文映社の社員はほとんど、足を運ばない。

親父は音楽が嫌いで、有線もレコードもかけていない。客が少なければ、静かで落ちつく店なのだ。

圭介は約束の時刻より少し早目に到着すると、アイスコーヒーを頼み店内の新聞を広げた。

どの朝刊も、昨夜の事件を報道してはいない。おそらく、朝刊の最終締切に間にあわなかったからだろう。その方が結構だ。朝刊の記事に比べ、夕刊の記事にはあまり注意を払わぬのが、人々の常である。圭介は思った。

運ばれてきたアイスコーヒーを口に含み、圭介は国際情勢に目を向けた。圭介のルポルタージュは、日本国内を舞台にした作品がない。彼が阿嶋進の名で発表した作品は、これまでに六冊を数えるが、それらすべてが、北・中央アメリカ、アフリカ、中近東を舞台にしている。

しかし描かれる内容には必ず、日本の企業、テロリストがからんでいた。いずれも売れゆきは良く、特にヨーロッパの多国籍企業の依頼でアフリカを暴れ回る傭兵《ようへい》部隊のルポルタージュではノンフィクション賞を受賞していた。ただし、この授賞式にも児玉が代理で出ている。

圭介が名を秘している理由は簡単であった。圭介の書くルポは、圭介自身の手で英訳され、欧米でも読まれている。万一、圭介の本名や写真が公開されれば、今まで犯罪組織や企業の非情なやり口を、圭介に情報提供してくれた者たちがすべて彼の敵に回ることになる。情報提供者も命がけなのだ。まして、圭介に秘密を暴かれ、快く思っていないシンジケートの連中などは、機会があれば彼を捕え、内通者の名を吐かせようとするにちがいない。

ともあれ、圭介の正体を知る者は、児玉をのぞきごくわずかである。「ＡＸ」の清水もそのひとりで、彼と圭介はかつて戦友であったことがある。

圭介が受賞した、傭兵部隊を描いた作品は、清水を匿名で主人公にしたものだった。

中東がキナ臭いことになっている。連帯よりも我が身の繁栄だけを考える国家群が、犠牲《いけにえ》を奪いあう鮫《さめ》の群れのように争っているのだ。

清水も、昨夜の言葉通り、いつまでも平和でいることはできないようだ。〝除隊〟した圭介とはちがい、清水は現役である。ある日電話がかかると、彼は店に代理の者を雇い、荷物をまとめて出かけてゆく。彼らはロンドンかパリで集合し、目的地と方法を説明される。それから再びバラバラとなり、偽装して、クーデターを起こす国か、クーデターを鎮圧する国に入るのだ。

清水とは、圭介が放浪していた北ヨーロッパで知りあった。食いつめていた圭介を、スキー教師としてロッジの支配人に紹介してくれたのが清水だった。当時清水は、今のように待機中の身で、そのロッジの保安係——ありていにいえば用心棒をしていたのだ。

圭介の運動神経に目をつけた清水は、彼に格闘技や射撃を教えこんだ。圭介は上達し、清水の上官で、部隊長でもあったマスキーという名のオーストリア人にスカウトされた。

マスキーも、やはりそのリゾート地でロッジを経営している男だった。

やがて北アフリカで起きた戦闘に、圭介も清水やマスキーとともに参加、転戦して手柄をいくつかたてる。その間に、二度、清水の命を救った。清水はそれを恩に着て、いまだに圭介には先輩面をしない。

続いて参戦した中央アジアの小国で、圭介と清水はちょっとしたアルバイトを行った。部隊には内緒で、その国の王族の国外脱出の手引きをしてやったのである。圭介はそのときの報酬を手に、傭兵部隊の生活から足を洗った。職業的殺人者になりきれるほど、神経が鈍くできていないことに気づかされたのだ。傭兵の中には、アルコールや麻薬の中毒者が多い。それは厳しい規律とあいまって、いつ終わるとも知れぬ極限状況に身を置きつづけた結果である。身も心もボロボロになる前に、王族から受けとったひと摑みの宝石を手に、圭介は日本に舞い戻ったのだ。

その間に十八の年で飛び出して以来、一度も帰らなかった郷里の両親は死に、彼を知る者は、そこに誰ひとりいなかった。宝石を換えた金で、立派な墓を建て、東京に家を買った。する仕事のあてもなく書き出したのが傭兵時代の経験をつづったルポルタージュだった。それが売れ、圭介は放浪時に培《つちか》った語学力と人間関係を武器にする、ノンフイクションライターへと変貌《へんぼう》した。アサルトライフルをペンに持ちかえる、生活の激変は圭介自身にも幾つかの変化をもたらした。今まで興味のなかった種類のスポーツや女遊びが、退屈をまぎらわす格好の手段となったのだ。

こうして、遊び人高松圭介と、ノンフィクションライター阿嶋進は同時に誕生した。

「こんな所まで出てきて大丈夫なのか」

児玉の声に圭介は新聞から目を上げた。

四十九歳、白髪、年より老け、パッとしない印象。だが総合月刊誌としては、日本最大の部数を誇る雑誌を十年間、率いていた。

汗かき、身なりは構わないが、タキシードも持っている。小柄で、編集長から編集局長に昇格した四年前以来、急に太りはじめた。

「さっき、辺見に会ってきた」

店の奥を上目遣いでうかがうと、児玉は首を振った。

「やれやれ、さぞや火花を散らす対決だったろう」

「どうしてそう思う」

「辺見俊悟はうるさがたで有名だ。偏屈ととるか、真正直ととるかは立場によってちがうが、一筋縄じゃいかない爺《じい》さんだよ」

「幾つなんだ」

「七十一だ」

「にしては、元気が良いな」

「良すぎると思っている人間の方が多いだろう。あの年になっても、平気で他人の作品をこきおろしたり、大家をつかまえて三文文士呼ばわりをするのだからな」

「娑婆《しゃば》っけが強いのだろう」

「そうでもない。およそ三十年も前だが、文学賞の受賞を蹴《け》ったことがある。今とはちがうんだ。今受賞を断われば、むしろスタンドプレイになるだろうが」

「よく干されなかったな」

「読者がいるんだ、百万人近いね。連中はみんな、辺見俊悟は正論を吐く唯一の作家だと信じている」

「なるほど」

「もっと聞きたいか」

圭介は頷《うなず》いた。

「デビュー作は昭和二十七年に発表された『陰《かげ》の間《はざま》』だ。敗戦後、シベリアの収容所から引き揚げてきたひとりの男が、スパイに仕立てあげられ東西両陣営の間で苦悩する話だ。男は地下組織で身分を変えるためのさまざまな訓練を受け、当時の政財界へと食いこんでゆく。偽りの身分の上に家族ができ、偽りがいつか本物との区別がつかなくなる。発表当時はモデルがいるのではないかと、大騒ぎになり世論が湧《わ》いた」

「思い出したよ、読んだことがあるようだ。実際にはモデルはいないと、辺見が断言したというやつだろ」

「そうだ。そして、その次に書いた『掘る』という作品で文学賞にノミネートされた。埋蔵金掘りにとりつかれた男の話だ。家族を捨て、友人を裏切っても金を捜しあてようとする鬼の姿を描いていた」

「その他はどうだ」

「三十年以上書きつづけてきたにしては作品数はそれほど多くない。二十いや三十冊はあるだろうが。『柩《ひつぎ》の館《やかた》』という作品は映画化されたし、カンヌでグランプリもとった。もっとも、当人は映画にはいっさい関《かか》わらなかったらしいが」

「相当、変わり種のようだな」

「君といい勝負だ」

「命を狙われていたらしい。河合もそれを知っていたんだ」

「知っている。河合くんは辺見俊悟を尊敬していた」

「担当だったのか、辺見の」

「そうだ。近々、うちから新作を出す」

「内容は」

児玉は首をふった。

「河合くんしか知らなかったようだ。辺見俊悟クラスになると、内容に関わりなく企画会議は一発オーケイだからな」

「河合はどれぐらい辺見の担当を」

「七年、かな」

「それだけの大物にしては、随分若いうちからつかされたものだな」

「前任者の推薦があったからな」

「前の担当か」

「そうだ」

「誰だ」

「私だよ」

圭介は顎《あご》をひき、児玉をまじまじと見つめた。児玉は疲れたように微笑《ほほえ》んだ。

「河合くんは辺見俊悟にぞっこんだった。編集者になったのも、辺見俊悟にひと目会ってみたいという理由からだった。それだけに、辺見俊悟の作品はよく研究していた。熱心だし、あの扱いにくい作家につきあうには相当、忍耐がいる。それにもぴったりだった」

圭介は両手をひろげた。

「俺と河合はそんなに仲が良いというわけじゃあなかった。奴《やつ》がそんな理由で文映社に入ったとはな」

児玉は溜息を吐き出し、グラスの水をひと息で干した。くたびれたクリーム色の上衣《うわぎ》からショートホープの箱を出して一本くわえた。

「昨夜、どうして河合くんは君の家の前まで行ったのだろう。警察もそこのところを知りたがっていたようだ」

「おそらく、俺にもう一度頼みこむつもりだったのじゃないか」

「ボディガードを？」

「そうだ」

「辺見俊悟はそんなに危いのか」

「当人の話では放火をされたこともあったらしい」

「何？」

児玉は眉《まゆ》をひそめた。

「そんな話は聞いていない」

「今、聞いたわけだ」

「誰がそんなことをする、いったい何のために」

「それをこっちが訊きたい」

「辺見俊悟は何と……？」

「ふてぶてしい爺《じじ》いだ。興味がないらしい」

「警察にもその調子だったのだろうな」

「たぶん」

「佐伯という刑事がいっていた。君も辺見俊悟も、大変協力的なので助かる、とな」

「あの佐伯という刑事は切れそうだ」

「うかうかしていると、妙な尻尾《しっぽ》を押さえられるぞ」

「俺が河合を殺ったと思っているのか」

「まさか。だが犯人がわからない。辺見俊悟をどう思った。君の方が人殺しを見慣れているだろう」

「ひと目見れば、わかるってもんじゃない。確かに常習犯の中には、そういう奴もいるがな。辺見は――」

　圭介は考えていった。

「辺見は、確かに自分の邪魔になるような奴は蹴っとばし、踏み潰《つぶ》すような男だろう。だが、人殺しをするような人間には見えない。第一、河合の倍以上の年だ」

　児玉は頷いた。

「動機がないな。それに、辺見俊悟を狙っているという人間もそうだ。一体、どうして辺見俊悟を殺したいのだろう」

「殺したくなる気持もわかる」

児玉は薄気味悪そうに圭介を見た。

「取調べの刑事の前でもそんなことをいっていると危いぞ」

「あんたには迷惑をかけないよ」

「当分、頭痛の種だろうな」

「俺のか」

「いいや。君に頭痛なんて代物《しろもの》があるとは思えない。君と辺見俊悟を抱えこんだ警察だよ」

「佐伯なら頭を痛くすると思うのか」

児玉はにやっと笑って答えた。

「悪い気分じゃない。自分と同じ不幸を他人が分かつのを見るのは」

「あんたの方が動機がありそうだ」

4

「アマゾネス」を捜しあてるのに二時間を要した。「アマゾネス」の名前は電話帳にものっておらず、圭介は知りあいの水商売の人間を片っぱしから当たったのだ。

あるいは辺見俊悟にもう一度訊《たず》ねたなら、ある程度の手がかりをくれたかもしれない。

それも望み薄といえそうだ。辺見ほどの老人がいちいち六本木の小さなバーに注意をはらっているとは思えない。

辿《たど》りついた「アマゾネス」は午後十時にならなくては開店しないという。児玉と早めの夕食を終えて別れた圭介には、時間が余った。

車を駐車場に入れてしまったので、自宅に帰るためひっぱり出すのも面倒だった。歩いて「ＡＸ」に向かった。

雲ゆきが少し怪しい。雨が降り出せば長くなるだろう。大した成果も得られぬままに濡《ぬ》れるとはついていない。圭介はしかめ面で飯倉片町の交差点を渡った。

「ＡＸ」は混《こ》んでいた。カウンターに三人の男女が止まり、すでにできあがった調子で言葉を交わしている。身なりから推《お》して、ジャーナリズムに関係した仕事をしているようだ。

清水は奥の棚に背をもたせかけ、曖昧《あいまい》な微笑をうかべていた。

圭介を認めると身を起こした。

「いらっしゃい」

圭介は無人のボックスに腰をおろした。三人の男女が会話をとぎらせ、圭介に目を向けた。一番年かさの、グレイの上着にポロシャツを着けた眼鏡の男は、ひどく汗をかいていた。目元が赤らみ、ろれつが怪しくなっている。圭介を見て、何かを語りかけようとでもするように喉《のど》を鳴らした。だが、口は動くことなく、視線は仲間に戻った。

「二日連続とは珍しい」

清水がカウンターをぐるると、圭介の前に立っていった。

「昨日はどうでした」

「さんざんだった。ウイスキーアンドソーダを」

肩をすくめて清水は頷《うなず》いた。

自分の飲みかけを手に、作った酒を圭介の前に置いた清水は小声でいった。

「夕刊に出てました」

圭介は頷いてみせると、目顔で向かいを指した。

「とんだ荷物をしょいましたね」

腰をおろした清水はいった。

「ここの名は出していないんだ」

「別に構わなかったのに」

清水はカウンターの客に目を配りながら答えた。

「楽しい思い出になるわけじゃない。酒をまずくするのはお手のものの連中だからな」

「なるほど。で、今日は」

「『アマゾネス』というバーに行ってみようと思ってるんだ。昨日のお荷物が最後にいたところらしい」

聞き覚えのなさそうな顔で清水は首を振った。もともと水商売に顔の広い男ではない。

「何か手助けできることがあれば」

「目と耳を広く開けていてくれ。特に辺見俊悟に関係することならなんでも」

「ずいぶんな年寄りが関係しているんですね」

清水は眉《まゆ》を吊《つ》り上げた。

「今のところ、ひっかかっているのがその爺《じい》さんだけなんだ」

「愛読者なんですよ」

清水は控え目な笑みをうかべた。

「おやおや、意外なところにファンがいるものだ」

「造りものめいた嘘《うそ》がないので読めるんです。最近の小説はどれも嘘だらけでね」

「もともとが嘘を書いているものじゃないか」

「それにしてもひどすぎます。東京の近郊都市で、総会屋がハンググライダーにのって空を飛び回ったり、ハワイ帰りの若者が北海道でマグナムをぶっ放したりする。考えられませんね」

「それだけ知るにはかなり読んだのだろうな」

「高松さんほど忙しい身じゃありませんからね。店が終われば他にすることもない」

「結婚は」

清水は意外そうな表情を浮かべた。

「あなたの口から出る言葉とも思えない。時間は余っても、これ以上の荷物をしょいこめるほど手が余っているわけじゃありませんよ」

「手じゃなくて、背中と頭を使うんだ。経験者の話では」

圭介は笑みを見せた。

「下半身は必要ないのですか」

「極力、使用しないのがコツだそうだ」

「私の知り合いでも、結婚して七年間に、三回しか使わなかったという男がいます」

「子供は……？」

「四人います」

圭介は笑い出した。

カウンターの客がお代わりを催促し、清水は圭介の席を離れた。圭介は腕時計に目を落とすと考えこんだ。

河合を殺した人間が金目当てではなかったとはいい切れないが、絞殺という手段は納得できないものがある。第一に、南麻布あたりで、酔客を狙《ねら》った強盗が出た話は聞かない。

第二に、たとえ金が目的でも絞め殺す必要はないはずだ。背後からでも、それができなければ正面からでも殴りつければ良いのだ。殴った結果、あたり所が悪くて死亡する場合はまま、ある。だがそれでも最初から殺すつもりはないはずだ。

個人が財布に持つ金額などたかが知れている。絞殺は、はっきりと殺すことを目的にした暴力行為である。それだけの金額と引き換えるには、殺人はあまりに罪が重い。

玄人《くろうと》ならば絶対にそんなことはしない。

まして凶器は被害者が締めていたネクタイである。追《お》い剝《は》ぎが目的では、そこまで面倒な真似《まね》をしない。

殺人が目的ならば別だ。河合を殺し、何かを奪うこと、あるいは単に彼の口や動きを封じることが目的ならば、充分に果たしたことになる。そうなれば、河合の所持品を奪ったのはカモフラージュということだ。

河合があの晩、何か特別なものを持っていたか、圭介は思い出そうと試みた。もしクロークに預けてしまっていたなら別だが、テーブルの周囲には鞄《かばん》も、封筒の類《たぐい》もなかった。

辺見ならばあるいは記憶があるかもしれない。そう思ったが、どうしても老人に協力を求めるのは癪《しゃく》だった。

清水が席に戻ってきて訊ねた。

「どうしました。いやに真剣な顔をしている」

「どうしようかと思っている」

清水は顎《あご》をひいて、薄暗がりの中で圭介の顔を見つめた。憂鬱《ゆううつ》そうに歌う中年女のシャンソンが圭介の耳をとらえた。

「本気で調べようか、と？」

圭介は清水の問いに頷いた。

「珍しいな。あんたが会話の先回りをするなんて。いつも知っていて黙っているような意地の悪い人間のくせに」

「ずい分ですね」

さほどショックも感じていない口調で清水はあわせた。

「そうやって迷うのも高松さんらしくないじゃありませんか。あなたはいつも喋《しゃべ》る前に動いている」

「重しがあるんだ」

「……？」

「あんたの大好きな爺さんだよ。これ以上首をつっこむとどうしても、またあの爺さんのもとに戻っていってしまうような気がする。そいつが胸を重くするのさ」

清水はニヤッと笑った。

「じゃあ仲良くなってしまったら……？」

「それができなかった時はどうする」

無表情で清水は答えた。

「どうも。いつものパターンでやるしかないでしょう。気に喰《く》わなければ踏み潰《つぶ》す」

圭介は曖昧に頷いた。

「相手が年寄りだから、ためらっているんですか。それとも逆に踏み潰されそうだから……？」

「どっちともいえない。ひょっとしたら両方かもしれない」

圭介は素直に認めた。


「アマゾネス」は六本木の交差点を防衛庁よりに、少し外れた地点にあった。ならびの小さな店は不良外人の溜《たま》り場《ば》として、つとに有名な「スペルマ」である。その前を通りすぎるとき、圭介は開け放たれた店内に見知った顔を見つけ出した。

相手がこちらを知っているかどうかはわからない。以前バンコックの売春バーで見かけた白人である。四十がらみでプロレスラーのような体格をしている。ＣＩＡの下級工作員か何かだったはずだ。

陸軍情報部だったかもしれない。それに気をとられた圭介は、危く「アマゾネス」の前を素通りしそうになった。

黒地にピンクのネオンが〝アマゾネス〟と入っている。地下に続く階段を指す矢印にも灯《ひ》が入っていた。先程は消えていた看板だ。

階段を下ってゆくと、厚い樫《かし》の扉があった。恐ろしく重たい。圭介でも右腕に力を込めねば押し開《ひら》けぬほどだ。

「いらっしゃいませ！」

威勢の良い声がかけられた。暗い店内を数ヵ所に分断するようにスポットライトの光芒《こうぼう》が放たれている。紫煙と革の水着のようなものをまとった女たちの姿が目についた。

店名の由来を圭介はすぐに悟った。紫外線でまんべんなく肌を焼いた女たちは、どれも腕や肩に筋肉をつけている。中でも三角筋と僧帽筋を盛り上がらせ、白のケープをまとった長身の女が目を惹《ひ》いた。おそらく白人とのハーフだろう。彫りの深い顔立ちと、焼けても黄色人種とは異なる色合いの肌が物語っている。

暗色の壁を飾っているのは、三日月形の盾や弓、槍《やり》の類《たぐい》の武具だった。暗さに目が慣れてくると、二十二、三の娘を相手に上着を脱いで腕相撲を挑む中年の客の姿や、店の娘たちに組みしだかれる男たちが見えてきた。明らかにレスビアンとわかる女同士のカップルもある。どうやら従業員はすべて女性のようだ。

「いらっしゃいませ」

白ケープの女が入口に立ち止まった圭介に歩み寄ってきていった。落ち着いた声音だ。

「パワーのある店だ」

圭介は皮肉っぽく呟《つぶや》いた。女は真正面から彼の顔を見つめた。年齢は三十近いにちがいないが、肉体はなかなかのものだった。筋肉の発達が必要な出っぱりをおさえこんではいない。

「初めて……でいらっしゃいますか」

日本語にかすかなアクセントがあった。女の目にはわずかだが厳しさがあった。

「そう。友人がここによく来ていた」

女は圭介の目から視線を外そうとはしなかった。

「お名前は？」

「俺《おれ》の、それとも友人の？」

「その順番で」

女の口元に笑みのかけらが宿る。

「高松、河合」

「文映社の河合さん……？」

「そう。今朝、殺されて発見された」

圭介は女の顔を直視して答えた。女はかすかに頭を動かした。栗色《くりいろ》の髪がたばねられ、結い上げられている。額に金の鎖で吊った菱型《ひしがた》の瑪瑙《めのう》が光っていた。

「どうぞ、こちらへ」

ほぼ正方形の店内の正面にあるカウンターへ案内された。ストゥールに腰をおろした圭介は、客席に背を向ける格好で煙草《タバコ》をとり出した。女は圭介の隣にすわった。

封を切ったスコッチのボトルが運ばれて来た。河合の名札が下がっている。

「水割りでよろしいでしょうか」

「オンザロックを、それと君の名を」

「ジュリアです」

「君がこの店のボス？」

「そう。それにさっき刑事さんも見えたわ」

女はひきしまった腕をのばしてグラスを置きながら答えた。

「なるほど」

「昨夜の河合さんのことをしつこく訊ねていったわ」

「どんな様子だったか、もう一度おさらいをする気はあるかい」

「高松さん、とおっしゃいましたわね」

「ああ」

「昨日、河合さんとお会いしてらした？」

「どうして知っている」

「河合さんがおっしゃっていました。君と腕相撲をやって、勝てるかもしれない友達だと」

「どうかな」

「河合さんの願いごとを断わったでしょ」

「よく知っている」

「一緒に見えたお年寄りの方が帰られたあとも、ずっとここで考えこんでいました」

「願いごとの中味は聞いたかい」

「いいえ」

はっきりとジュリアは答えた。気の強そうな口元をしている。かなりの美人だが精神的にも肉体的にも扱うのは難しそうだ。

「何時ごろまで、彼はここに？」

「一時少し過ぎ」

どうやらこの店から自分の家まで河合は直行したようだ、圭介は思った。

「連れが帰ってからはずっと一人？」

「ええ」

「電話をかけたり、かかったりしたことは」

「なかったわ」

「何を考えこんでいるか、君には話さなかったのか」

「ええ」

「彼はいつ頃からここに通ってきていた」

「オープンしたとき、三月《みつき》前よ。文映社の週刊誌がここを取り上げて、その時取材にいらした記者の方が連れて来たの」

「ひとりで来ていた？」

「大抵は」

「女性を連れてきたことは？」

ジュリアは圭介を見つめて首を振った。

「なるほど」

圭介はジッポの蓋《ふた》を鳴らした。

「何もなかったわ」

挑戦的な口調で彼女はいった。

「何も訊《き》いていない」

「河合さんは、いつもおひとりで見えて、あなたのすわっている席で静かに飲んでいたのよ。女の子を口説《くど》いたり、しつこくすることはなかった」

「そういうタイプの男かもしれない」

「前にもあなたの話を聞いたことがあるわ」

　圭介はジュリアに向けていた横顔をゆっくりと回した。

「何と」

「うらやましい男だ、って。男なら誰でもしたがるけど、できない生き方をしている、と」

「どうかな」

「会ってわかったわ」

「河合とそんなに仲が良かったわけじゃない。真面目《まじめ》な男で、それが理由じゃないが俺とはソリの合わない奴《やつ》だった。ただ、奴の死体を今朝発見したのは俺だし、そこは俺の家の前だった」

　ジュリアは顎をひいて圭介の目を探った。

「どうしてそんなことを私に話すの」

「腕相撲を挑まれるきっかけを与えないため」

「いつもそうやってへらず口を叩《たた》くの」

「照れ屋なんだ。お婆《ばあ》ちゃんに子供の頃、可愛《かわい》がられすぎた」

「今でもお元気なの、その方」

「いや。爺さんの葬式の翌日、首を吊ったよ」

「本当に愛していたのは孫のあなたではなかったということね」

皮肉のこもったお返しだった。

「それはどうだろう。愛し方にも色々ある。愛しているから憎んだり、殺しちまう場合もあるさ」

「殺されかけたことがあるんだわ」

ジュリアはいって圭介のグラスに断わりもなく手をのばした。空になったグラスをコースターに戻し、上衣の上から圭介の腕にふれた。

「痩《や》せているように見えるだけね」

「骨と皮さ」

「嘘。触われればわかるわ。相当いい体をしている」

「バーベルには興味を持ったことはないぜ」

「女の体は？」

圭介は相手を見つめた。商売なのか、もともと好色なのかを見極めようとしたのだ。

ジュリアの目は真剣だった。

「飽きるところにはいっていないな」

彼女はためらい、いった。

「一時間ほどならぬけられるわ」

「腕相撲をする？」

「それ以外のことも。する時間があれば」


ジュリアの筋肉が重い鉄の塊を持ち上げたり、じゃれる酔客をあしらうだけのためのものではないことを、圭介は充分に知らされた。淡い褐色の肉体は、しなり、のび、しめ、押しつけることによって、圭介の持つ力を文字通り吸いとろうとした。

深く突かれることを彼女は望み、圭介は応《こた》えた。熱く包まれることを圭介は望み、ジュリアは体のすべての部分を使って応えた。

ジュリアは一切の抑制を捨てているように見えた。圭介を店で迎えたときに見せたような落ち着きは消え、貪欲《どんよく》にむさぼり、叫んだ。圭介が自身の抑制を解き放ったときは、絶叫と四肢の震えで応えた。

弛緩《しかん》したひとときが過ぎると、ジュリアは圭介の額に唇を落とした。

「いつもこんなに早くベッドに直行する女だとは思わないで」

「たとえ、どう思われようと一向に気にしないような女に見えるがね」

「そうね。あなたのような人以外にはね」

ジュリアの店から間近い、ホテルの最上階の部屋だった。眼下に、無言で瞬《また》くネオンや車の往来がある。熱せられた欲望の瘴気《しょうき》が立ち昇ってくるようだ。テールランプの赤い矢が空中を走っている。

圭介が答えないでいると、ジュリアは続けた。

「あなたのような人は少ないわ。だからすぐにわかる」

「何がわかる」

皮肉な口調で圭介は問い返した。

「檻《おり》に入ったことがない獣よ」

「こんなでかい檻にいるんだぜ」

圭介は窓の外を指した。

「あなたにとっては、檻じゃないわ。あなたには、格子や餌《えさ》を運ぶ管理人は見えない。だから、飛び越すこともできるし、媚《こ》びることもない」

「感動するね」

「眼がちがう。歩き方も、神経の配り方もちがう。あなたをひと目見て手強《てごわ》いと思う人は少ないでしょうね。でもそれがわかる人は、きっと強い人のはずよ」

「何が？　セックスが？」

ジュリアは両手をのばして圭介の喉をつかんだ。

「人でなし、殺してやるから」

筋肉が盛り上がった。圭介はその手首をつかむと、ゆっくりとひき剝《はが》した。並みの男より、はるかに強い力が必要だった。

ジュリアは息を弾《はず》ませて体を開いた。上体を落とし、のしかかるように圭介の口に唇を押しつける。

顔を上げると囁《ささや》いた。

「もう二度と来ないで」

「どこへ」

「私の店へ」

圭介の肉体に力が戻りつつあった。圭介はジュリアの体を持ち上げた。乳首に指をのばすと、ジュリアは上半身を震わせた。

「もう二度と会いたくないという意味？」

「そう。私が滅茶苦茶《めちゃくちゃ》になりたくないから」

「だから来ないで、か？」

圭介は自分の力をジュリアの開いた脚のつけ根に押しつけた。

「そうよ」

「ここにも来て欲しくない？」

ジュリアにも新たに迎え入れる準備は整っていた。圭介は自分の力が濡らされるのを感じた。

「…………」

「どうだい、来てほしくないかい」

「お願いだから――」

圭介は貫いた。ジュリアは呻《うめ》いて腰を深く落とした。

5

ホテルの出口でジュリアと別れた圭介は、ポケットに両手を入れて歩き出した。夜はまだそのとばくちで、街にはまだ何も起こっていない。何も起こらずに夜が終わることだって珍しくはないのだ。

わずかに自己嫌悪の念があった。背中をやや丸め、怒った猫のような後ろ姿で圭介は歩いていった。

たいした手がかりは得られなかった。期待をしていたわけではなかったが、これ以上首を突っ込むべきかどうか、判断する材料すら手に入らない。

酒も盛り場も、もうたくさんだ。圭介は駐車場から車を出すと麻布の自宅に向けて転がした。

ギャレージに車を入れると、ようやく雨がポツリポツリと降り始めた。腕時計をのぞき、圭介は家に入った。

熱いシャワーを浴びたかった。ホテルで一度浴びていたが、ジュリアの濃厚な香りがまだ体に残っているような気がする。

コーヒーメーカーのスイッチを入れて、圭介はバスルームに足を踏み出した。と、ドアチャイムが鳴った。

午前一時に少し間がある時刻だ。一度外したシャツのボタンを留め直しながら、圭介は玄関に向かった。

「今晩は。夜分大変遅く申しわけありませんが、ずっとお留守だったようなので」

ドアを開くと、グレイのスリーピースで身を包んだ佐伯がいった。すまなそうに微笑をうかべている。

「どこかで見張っていたんだな。明りがつくのを待っていた」

佐伯は笑みを絶やさず首を振った。

「ほんの通りがかりです。もしまだお帰りでなかったら、明日の朝一番で伺おうと思っていました」

「それもぞっとしない話だ。何か重要なことでも……？」

「いや、たいして」

佐伯は咳《せき》ばらいをした。圭介は大きくドアを開いた。

「コーヒーは？」

「ありがたい」

三和土《たたき》に踏みこんだ佐伯の背後を圭介はのぞいた。今夜は、もう一人の刑事、杉田がいないようだ。気づいたように佐伯がいった。

「杉田なら帰しました。彼には小さい子供がいるんでね。たまには家庭サービスをさせてやらんと、奥さんに恨まれます」

キッチンの椅子を勧め、圭介は湧《わ》いたポットをコーヒーメーカーから外した。

「ミルクと砂糖は？」

「どちらも入れていただけますか。今日最後のコーヒーですからな」

ブラックで注いだカップを手に、圭介は佐伯の向かいに腰をおろした。

「亡くなられた河合さんの死因は絞殺でした。やはり」

「凶器もあのネクタイ？」

「そうです。死亡推定時刻は昨夜申し上げたように一一〇番をいただく一時間前、一時半から前後三十分といったところです」

「訊《き》きこみで、何か？」

「御近所の方は何も聞いておられない。悲鳴はもちろん、言い争う声も、話し声も」

「なるほど」

圭介はカップを置くと煙草《タバコ》に火をつけた。

「まだ疑いは晴れない、と」

「杉田はこちらの家宅捜索の令状をとるべきだと主張しています」

「そうして物置の棚の後ろか、カーペットの下から、河合の財布や腕時計を見つける？」

佐伯も煙草を取り出した。

「運が良ければ」

「運が悪ければ？」

「流しの犯行ということになり、指紋も手に入れていない我々は、常習犯のアリバイや故買屋の線を当たることになります。もしそれでも何も出てこなければ……」

「ずい分、わかりやすい説明だな。もう一人の刑事が聞いたら親切すぎると怒り狂うんじゃないかな」

「杉田は、あなたがいったいどんな人物なのか、ひどく興味を持っとるようですな。そういえば、辺見俊悟氏もそのようにお見受けしました」

おいでなすった、圭介は次の言葉を待ちうけた。

「今朝、いやもう昨日になりますが、辺見氏にもお会いして来たんです」

「………」

「どうしてあなたに白羽の矢を立てたか興味がありましてね。あの方ほどになれば、幾らでもスタッフには恵まれるだろうと思ったのです。いや、決して高松さんが辺見氏の役に立てないというわけではなくて……」

「爺《じい》さんは何と？」

「『国家権力』にあまり好意をお持ちではない御様子で、どうしてあなたにお会いしたのか、杉田がかなりくどく訊《たず》ねたのですがね」

「………」

「仕事のことだとおっしゃるだけでしてね」

「なるほど」

「河合さんと昨夜、最後に別れたという店にも行ってみました。どうやらそこを出てからすぐ河合さんはこちらにいらっしゃり、殺されたようですな」

「その頃、俺《おれ》がどこにいたかは話したと思うが」

「確認させていただきましたよ」

「それなら――」

「思いますに高松さん、あなたは相当自信家のようですな。己れの頭脳にも肉体にも信頼を抱いている」

「それが？」

「辺見氏は今まで御自分の作品で使われる資料の収集を他の方に頼まれたことはない。これは辺見氏御自身の言葉ではなく、あちこちの出版社に問いあわせて得たことなんですがね。すると、なぜ今回に限り、高松さんに協力を求めたのか。しかも高松さんを推薦したのは亡くなられた河合さんのようですが、あなたは河合さんとそれほど親しかったわけではない」

「推薦した理由は俺にもわからんね」

「私には少しわかるような気がするんですよ」

圭介は眉《まゆ》を上げた。

「ただし、依頼する仕事の内容が資料を収集する、などというものでなければね」

「爺さんが年で、自分で資料集めするのをおっくうがったのかもしれない」

「いやいや。とても実際のお年には見えないほどお元気でしたな」

「………」

「誰かに脅されているのではないかと思うんですよ。辺見俊悟氏は」

こいつは大した刑事だ。考えていたよりはるかに頭がきれる――圭介は思った。

「それで高松さん、あなたに依頼した仕事とは身辺警護ではなかったのですか」

「警察には何も届けずに？」

「申しましたように、辺見氏は警官がお好きではない。それに自ら認めるのは何ですが、警察の身辺警護は特定の方々に限られていますのでね。あとは、何かが起きてからでなければ動かないと来ている」

「爺さんにはあんたの推測を話したのかい」

佐伯はにっこりと笑った。

「どうやらさして外れてはいないようですな、私の考えは」

「誰に、なぜ脅迫されているかは河合も知らないようだった。爺さんは落ちつきはらっていたが、河合はひどく緊張していたよ」

「――よかった。いえ、よかったというのは高松さんが本当のことを話して下さったのでいったのではありません。私の推測が外れていなかったので、正直喜んでいるのです。それに、これでいくらか摑《つか》みどころが出てきますからね、事件に」

「だが爺さんを脅している奴《やつ》が河合を殺すには、何か理由があるはずだ」

「その通りです。一足飛びに、辺見氏を脅している人間が河合さんを殺したと結論するのは危険です。しかし手がかりにはちがいありません」

佐伯は大きく頷《うなず》いていった。

「それでどうするんだ。爺さんをジューサーにかけるのか」

「ジューサー？　いやそんなことをして怒りを買っては面倒になるばかりです。じっくり考えて、ゆっくり動きますよ。私の性分なんですな」

「実りが多いといいがな」

「ありがとう。どうもすっかりお邪魔して……」

ぬるくなったコーヒーを、佐伯は一息で飲み干した。

「いい豆ですな」

「ブラジルにいる友人から三ヵ月に一度、送ってもらうんだ。よかったらさし上げよう」

「いやいや、またいただきにあがりますから結構です」

「今度は昼間がいいね。朝早くや夜遅くは、頭の回転が鈍いんだ。思わず自白させられちまうかもしれない」

「楽しみですな、その時が」

佐伯はにやりと笑って立ち上がった。

ドアに鍵《かぎ》をおろすと、圭介は熱いコーヒーをもう一度、淹《い》れ直した。佐伯にならって、今度はミルクと砂糖をたっぷり入れる。

皮肉な気分で圭介はそのコーヒーをすすった。ジュリアの言葉を思い出したのだ。

強い人にしか、圭介の手強《てごわ》さがわからない——彼女はそういった。佐伯は見事に見抜いたわけだ。

ボディガードの件を最初に話さなかったのは、話が面倒になるのを避けたかったからだ。河合は圭介の過去を知っていたわけではない。ただ学生時代、幾度か鳴らした圭介の腕っぷしを買っただけだ。

もし今夜、杉田という佐伯の部下がいれば鬼の首でも取ったように圭介を責めたてたことだろう。佐伯はそれを見こして一人でやってきたのかもしれない。

だからといって佐伯がこれで圭介を構わなくなるとは限らなかった。むしろ、じわじわと圭介の身辺を洗い上げるにちがいない。あるいは「ＡＸ」で過した空白の時間にも気づくかもしれない。

圭介のアリバイは尻切《しりき》れトンボなのだ。


翌日の午後から空は晴れ上がった。遅めの朝食をゆっくりとすませた圭介はワードローブからダークスーツを取り出した。ネクタイをしめるのは年に一回、あるかないかである。

同窓会名簿で河合の自宅住所を調べると、圭介は車に乗りこんだ。幌《ほろ》を上げ中野《なかの》駅に近い、河合の自宅に向かう。

司法解剖の結果が出た以上、河合の遺体は自宅に帰されているはずだ。通夜は今夜あたりだと見当をつけていた。

通夜を行っている門前に、幌を上げているとはいえアストンマーチンのような車を乗りつけるのはためらわれた。住所の数字はマンションやアパートの類《たぐい》ではなく一軒家であることを示している。

適当に見当をつけたあたりで車を路上駐車すると圭介は歩き出した。

戦場における葬儀は常に単純で簡略化されたものだった。死とは生ではない状態に他ならず、その存在率は常にフィフティフィフティか、やや死の方が上回っていたからだ。たとえ、生から死への移行をいかに儀式化しようとも、それが死者に対して何の価値ももたらさぬことを、圭介たちは知っていた。そしてまた、その簡略化された葬儀すら自分の死には与えられぬ可能性があったのだ。そこでは、死は物理的な出来事であり、昨日まで隣にいた兵士がその瞬間から消滅するという変化を確実になるべく早く認識しなければならなかった。

弾丸は進路にある物体に衝突する。もし後方からそれが飛来し、彼の背後に兵士がいたならばその兵士を殺す。そして次の瞬間から、飛来する弾丸は彼自身を殺すのだ。

しかし、死や苦痛に対する恐れは消滅するわけではない。単に戦闘の時点では麻痺《まひ》しているだけなのだ。

除隊してから数年たった今では圭介は普通の人間と同じように、死や苦痛を恐れる。

また、部隊当時を思い出すとき、そこに思い浮かべる何人かの戦友が死んでいたことに気づかぬ場合がある。あの男はこういう奴だった、ああいう奴だった、今はどうしているのか——考えがそこに至って初めて、彼らのうちの何人かが、自分の目前で死んでいったことを思い出すのだ。

圭介は自分が矛盾していると思った。彼は戦争を起こす国家の利益優先主義や、国民の残酷さを嫌っている。しかし、戦場におかれた時の緊張感や敵を倒した時の高揚した気分が好きだった。

それらは何よりも強く、圭介に生を感じさせるからだった。自分が崩れるのを恐れて日本に舞い戻っておきながら、その崩壊の原因を作り出す刺激そのものは懐かしがっている。

たぶん、どこかが少し狂っているのだろう。

圭介は住宅街を縫う細い路地を歩き回りながら、そう結論した。

河合の家はありふれた二階家だった。木造で、出来てから十年以上の年月は経ているにちがいない。おそらく夫婦は両親と同居していたのだ。

門前に小さな天幕が張られ、文映社の社員と覚《おぼ》しい喪服の男たちが動き回っていた。その傍《かたわ》らを通り過ぎると線香の匂《にお》いが、開け放たれた玄関から漂ってきた。

弔問客は時間が早いこともあってさほど多くはなかった。三和土で靴を脱ぎ、圭介は遺体が安置された部屋に上がった。

部屋には十人の男女と二人の子供がいた。子供はまだいずれも学齢に達していない男の子と女の子である。大人たちのうち、一人は児玉で、もう一人は刑事の杉田だった。残りの八人に河合の妻らしい若い女と、両親と覚しき老人の組み合わせが含まれている。

河合はすでに納棺されていた。杉田が無言のまま鋭い視線を投げつけてくるのを感じながら、圭介は合掌し、焼香した。

向き直ったとき、児玉と目が合った。児玉はうまく装《よそお》っていた。

「奥さん、こちらは御主人を見つけられた――」

杉田の言葉を引きとるように圭介はいった。

「高松です。このたびは何と申し上げて良いか……」

河合の妻は蒼《あお》ざめた顔をうつむけたまま小さく頷いた。大学時代、河合がキャンパスで連れ歩くのを幾度か目にしたような気がする。あるいは記憶ちがいかもしれない。

別室に移ると、圭介は運ばれてきた茶をすすった。親戚《しんせき》と覚しい老人が数人、そこにはいるだけだ。

煙草に火をつけて一服する暇もなく、杉田が現われた。

「可哀《かわい》そうに、子供はまだ五歳と三歳だそうだ」

誰にともなく呟《つぶや》く。

「男の子の方は似てるよ」

圭介はいった。杉田は振りむくと不思議そうに見つめた。

「ここに来るとは思わなかったよ」

「…………」

「あんたはそんなに仲が良かったわけではないのだろ」

「殺されたのは俺の家の前なんだ」

「それに対して責任を感じているというわけか」

「責任はあんたの方が感じているんじゃないか」

「どういう意味だ」

「さっさと殺した奴に縄をかけることができなくてさ」

「警察が嫌いなんだな」

「そういう感情を持てるほど親しくおつき合いしたことがないんだ」

「とぼけた奴だ」

低い声で杉田は吐き捨てた。立ち上がり、部屋を出てゆく。入れちがいに、児玉が現われた。目配せをして、杉田が出て行ったのとは反対側の廊下に圭介を誘った。

黒スーツの懐からショートホープの箱を取り出して児玉はいった。

「昨日、あれから考えてみたんだ」

廊下は猫の額ほどの小さな庭に面していた。無器用に黄色く塗られたブランコが据えられている。河合があれを塗ったのだろうか、圭介は思った。

「河合くんを殺した人間が辺見俊悟を狙《ねら》った人物とは限らないんじゃないか、とね」

「流しの強盗か」

「いい方が悪かったようだ」

煙に混ぜて溜息《ためいき》を吐き出した。

「狙ったのが辺見俊悟ではないかもしれないというのだ。無論、河合くんでもなく」

圭介はガラス戸からゆっくり視線をはがした。意外に努力のいる作業だった。

「君とまちがえられたのかもしれない」

ためらい、そして児玉はいった。

「俺の正体を知る奴でなければ俺を狙いはしないさ。知っている奴なら、人ちがいなんて不手際はやらん。俺の正体を知りたがっている連中にそんな素人《しろうと》はいないからな」

「警告かもしれん、あるいは脅し」

「…………」

「あの刑事は君を疑っている。色々調べるだろう。もし、私と君の関係を知れば厄介なことになるかもしれん」

「俺とあんたは別に犯罪をおかしているわけじゃないんだぜ」

「それはわかっている。しかし……」

「あんたが黙っていれば誰にもわからないことなんだ。それより、辺見俊悟の新作について調べてみてくれ」

「四年ぶりに書きおろすということしかわかっていない。当人に訊いたらどうだ」

「来るのか」

児玉は腕時計を見つめた。

「じきに来るはずだ」

言葉通り、十分とたたずに辺見俊悟は現われた。控えの間に戻った児玉に、腕章を巻いた文映社の社員が取りつぎ、忌中の家がにわかに慌《あわ》ただしい雰囲気に変わる。

圭介は最初の部屋に向かった。そこでは大柄な体を喪服に包んだ老作家が正座をし、合掌していた。圭介は部屋の入口に佇《たたず》み、老人とそれを取り巻く人間たちを見おろした。老人の太い中指に数珠《じゅず》がからんでいる。

辺見俊悟の黙禱《もくとう》は長かった。圭介が体の位置をかえると、厳しい表情で瞑目《めいもく》している横顔が見えた。

やがて辺見は面《おもて》を上げ、遺族に頭を下げた。その仕草は決して儀礼的なものに見えなかった。本当に河合の死を悼《いた》んでいるようだ。

「先生、こちらへ」

児玉が低い声で囁《ささや》き、辺見は立ち上がった。踵《きびす》をかえし、圭介と向かいあう格好になった。辺見は圭介を無言で一瞥《いちべつ》した。

辺見を包むようにして、児玉を含めた一団が圭介の前を通る。

辺見が廊下の途中で足を止めた。

「何かつかんだかね、高松くん」

振り向きもしないで訊ねた。

立ち上がって見送った杉田がぴくりと首を回す。

「別に。別に何も」

圭介はうっそりと答えた。

「そうか」

辺見は答えると歩みを続けようとした。

「あんたに訊きたいことがあるんだ」

圭介はいった。

辺見はゆっくりと振り返った。目に、初めて会ったときに浮かべたような興味の色があった。圭介を見すえ、ゆっくりと口を開く。

「君は車で来たのか」

圭介は頷いた。

「よかろう。後で儂《わし》を送るのだ」

それは命令に近い言い方だった。児玉が眉をひそめ緊張した表情で圭介を見た。彼が何かいい返すのを畏《おそ》れたようだった。

「いいだろう。外で待っている」

圭介はあっさりと答えた。

6

車を取った圭介は細い路地を迂回《うかい》して、河合家の門前に戻った。そこには文映社の社旗を立てた黒塗りのセダンが駐《と》まっている。おそらくここまで辺見を運んできた車にちがいない。

煙草《タバコ》を一本灰にし終わると、辺見が取り巻きと共に現われた。ハイヤーを指して何かいいかける児玉に、煩《わずら》わしげに首を振る。

圭介は車を前進させ、辺見たちの前につけた。若い社員の一人があっけにとられた表情で、辺見とアストンマーチンを見比べる。

助手席のロックを解くと、辺見が体をかがめて乗りこんできた。

文映社の一団が深々と頭を下げ、それを見送る。

「いってくれ」

荒くなった呼吸を整えながら辺見はいった。

圭介は答えずに車をスタートさせた。

辺見は葉巻を取り出し、無言で吹かした。それが灰になってやっと口を開いた。

「ふむ、これはどこの国の車だ」

「イギリスだ」

老人は鼻を鳴らした。

「もはや、何の取り柄もない老いぼれた国の生産物か。伝統と秀《すぐ》れたメカニズムは別物のはずだが――？　それとも君がこの車に乗っているのは見栄《みえ》かね」

「相性だ」

「相性？」

「スピード、乗り心地、頑丈さ、それに金のかかり方――選ぶやつは、それなりに自分の欲しいものを備えている車を探す。今いったどれを取っても、この車が世界一というわけじゃない。だが、それぞれのバランスが俺《おれ》と一番相性がいいのがこの車なんだ」

「一応もっともらしい理屈だな」

圭介は交差点で老人を蹴《け》り出したい欲求にかられた。

「それよりあんたは近々、新作を出す予定だそうだな」

「誰に聞いたのだ」

「誰でも良い。その内容と脅迫が関係あるとは考えられないか」

「内容について知っているのは儂《わし》と河合くんだけだった。どうして脅迫のしようがある」

「あんたか河合の口から洩《も》れていたかもしれん」

「なるほど」

「内容によっては嫌がる人間がいたとしたらどうなんだ」

「儂は小説家だ。小説というものは本来、ありもしない話をそれらしく書くことだ。それによって傷ついたり、怒りを持つ人間がいると思うかね」

「あんたの書いた『陰《かげ》の間《はざま》』はどうだ。モデル問題で騒がれたのだろうが」

辺見は圭介を見やった。

「儂のことを調べたのか」

「少しだ。あんたには敵も多いが、あんたの書いたことが新聞記事よりも確かだと思っている連中も多いという話だ」

「儂は儂が信ずる限り正しいと思うことを書いてきた。ペンが剣よりも強いなどとは信じたことはないが、それを持つ者として、誰よりも強くありたいと願うのならば当然のことだ」

「難解な話だ」

「簡単なことだ。儂がここにいて、儂が正しいと信ずることをいう。いい続けてきたことが事実ならば、人は儂のいうことを信ずる。そして儂はその人たちも自分も裏切るわけにはいかない。多くの人間は愚かで、扇動にはまどわされやすいものだ。だがそういう人間たちにこそ真実は必要だ」

「救世主のようなセリフだな」

「自分を欺《あざむ》けば、人は圧力に屈しやすくなるものだ。自分に正直でいる限り、どんなものにも屈することはない」

決して誇っているのでも気負っているのでもないようだった。圭介は好きにはなれないにしても、ある種の感銘をうけた。

車は環状七号線を南下している。

「儂の次の作品だがその『陰の間』の続編ともなるべき話になる予定だ」

辺見がいった。圭介は鋭い眼で老人を見やった。彼の喪服からはまだ線香が匂《にお》った。

「まだ書いていないのか」

「それについては話す必要を認めんな」

「いいだろう」

心の中で辺見を罵《ののし》っておいて、圭介は答えた。

「河合はそれについてどの程度知っていたんだ」

「進行状況か」

圭介は頷《うなず》いた。

「すべて把握しておったわけではないが、かなりは……」

「他には誰も知らないといったな。なぜ秘密にしたんだ」

「それについても答えることはないと思うが」

　圭介は辺見を見やった。

「儂を叩《たた》き出したいという表情だな」

「さぞ気分がいいだろうな」

　環状七号線は夕刻のラッシュが始まっていた。

　車の列の速度が落ち、ノロノロとした流れに変わると、やがて完全に停止する。

「試してみるかね」

　辺見は平然とした表情でいった。圭介が答えないでいると、意地の悪い、満足げな笑みを浮かべる。

　苛《いら》つきを隠すため圭介はいった。

「なぜ、刑事に、俺に会った本当の理由を話さなかった」

「話せばまた煩わしいことになる。連中にかき回されるのはたくさんだからな。その上、連中がたいしたことをするとは思えん」

「佐伯という刑事は勘づいたようだぜ」

「あの男か。保安の刑事にしては珍しく出来が良いようには見えたが」

尊大な口調だった。

「この国では優秀な警察官は皆、現体制を維持する番犬になり下がるのがオチなのだ。奴《やつ》らには餌《えさ》が与えられるからな」

「女を犯して殺すような奴よりも、一枚のビラを国会議事堂の壁に貼《は》った人間を追う方に倍の労力をかけるというわけか」

「そんなところだ」

「よほど、警察を信用できない理由があるのだな」

「警官が安全を守る市民というのは、体制に対して積極的にせよ消極的にせよ迎合する人間だ。そうでない人間はたとえ思想家であろうと、こそ泥であろうと、連中は市民だとは考えんのだ」

「過激だな」

圭介は皮肉をこめて呟《つぶや》いた。

「ただし政治家だけは別だがな。奴らはいってみれば、決まりきったルールの下にリング上で戦っているだけだ。保守、革新といっても、所詮《しょせん》、そこまでなのだ」

「…………」

「儂は決してテロリズムやアナーキズムの信奉者ではない。といってマルキシストでもない。だから自分のそういった考えを他人に対して誇示することはない。ただ己れの立場を明確にしておきたいのだ。警察権力を信用せんといいながら、それに頼るような無様な真似《まね》はしたくないだけだ」

「首に縄を巻きつけられてもそういえるかな」

「この年になれば死は物理的な変化に過ぎん。過ぎ去った時間を懐古し、センチメンタリズムで己れの生をはかるような惨《みじ》めさは持ちたくない」

「なるほど」

圭介は左のドアミラーに注視していった。

一台のオートバイが車線と車線の間にあって、左後方から近づいてきている。環状線に入る前にも、運転者が着けている黒のフルフェイスメットを見たような気がした。

前方に視線を戻した。一キロ近く、見える地点ぎりぎりまで渋滞している。しかしその中でもバイクが通れるすき間は確保されていた。渋滞の嫌いな圭介は不愉快な気持になって、ドアミラーに視線を戻した。この尊大な爺《じじ》いさえ乗せなければ渋滞に巻きこまれることもなかったのだ。

うなじの毛が逆立つような不安感が圭介を襲った。近づいてくるバイクが減速し、ライダーが右手をハンドルから離している。

その右手を明確に捉《とら》えるため、圭介は後ろを振り返った。バイクのライトが不意にアッパーに変わった。

口の中が瞬間に干上がった。

言葉を押し出している暇はなかった。圭介は猿臂《えんぴ》をのばして老人の肩を押さえこんだ。ライダーがキックし、バイクのエンジンがアストンマーチンの傍《かたわ》らで爆音を立てた。同時にサイドウインドウが真っ白に曇る。圭介の左肘《ひだりひじ》がフォンボタンに触れ、クラクションが鳴った。

バイクは飛ぶように遠ざかった。その轟《とどろ》きと赤い尾灯が耳と目の両方から消えるのを確認して、圭介は老人の肩を引き起こした。

銀髪が崩れ、顔を真っ赤にして喘《あえ》いでいる。

「いったい、これは――」

圭介はそれには目もくれずサイドウインドウを見つめた。曇ったガラスの中央より高い位置に二つのぎざぎざで縁どられた穴があった。弾丸は、ライダーがクラッチをつなぐのを焦《あせ》ったため、左運転席の窓から、右助手席の背もたれを削って斜めに後部シートにめりこんでいた。

消音器《サイレンサー》をつけた拳銃《けんじゆう》を使ったにちがいない。圭介は左のウインドウをゆっくりおろした。左やや後ろに止まっているトラックの運転手が目を丸くして見つめていた。

その時、渋滞の呪縛《じゆばく》が解け、車の波が流れ出した。圭介は歯ぎしりをしたい気分で、車を発進させた。

オートバイのライダーが使った拳銃はオートマティックだから、薬莢《やっきょう》が落ちているはずである。しかしこの場で流れを滞らせてそれを捜すわけにはゆかなかった。いよいよ面倒な騒ぎにまきこまれるだけだ。

周囲で気づいたのは左のトラックの運転手だけのようだった。あとは気づかないように車を進めている。

「何があったのだ」

嚙《か》みつくように辺見がいった。圭介は左手の指を立てた。

「こっから、こういう風に——拳銃の弾《たま》がお通りになったんだ」

胸の前で人差し指をすうっと流した。

「何だと」

辺見はおろした窓を見つめ、それから抉《えぐ》られたシートの背を見やった。

「オートバイの人物か」

「そうだ。悪い手じゃない。渋滞の中じゃ追っかけられる心配もない。自分は単車だからすいすい走れる。目標の横で止まり、ズドン、そしてバリバリだ。ただ少し練習不足だったようだ」

「君は、儂の命を救ったのか」

「いや、あんたはそのままそこにすわっていても、カスリ傷ひとつ負わずにすんでいた。

俺が救ったのは俺の命さ」

辺見は黙った。

圭介は強引に車線を変更すると、環状七号線を離れた。オートバイがおさらいをしに帰ってくるとは思えないが、同じ問題をくりかえせば次にはもっとうまくなることが多い。

しばらく走ると辺見がいった。

「君が救った命がひとつだけであったのは、相手がたまたま未熟であったからだ。君は儂の命も救ったのと同じだ。礼をいわねばなるまい」

落ちついた声音だった。

「そいつはどうかな」

「……？」

圭介は児玉の言葉を思い出していた。あのオートバイのライダーが狙《ねら》った人物はどちらなのだろうか。撃たれたのは左側から、そして車は圭介のアストンマーチンである。無論、ライダーが中野からずっとチャンスをうかがって追尾してきたものと考えれば、圭介を狙ったとは決めつけられない。しかし、右側ではなく左側を撃ったのだ。もしこの車を外車と知らなければともかくだが、それを確認する時間は充分にあったはずだ。

撃ったのは二発。二人を殺す場合もあれば一人を殺す場合もある。どちらにしてもあの状況ではそれ以上撃ちこむのはライダーにとっても危険である。

老人に対する脅しならば、どちらに当たっても、誰に当たらなくても良いわけだ。

しかし拳銃を撃ちこむのは、放火以上に直截的《ちょくせつてき》な行為だ。はっきりと、生命を狙ったものとしか考えられない。

大きく回り道をとり、豪徳寺の辺見俊悟の家に到着したのは暗くなってからだった。

門前に車を止め、エンジンを切ると、ようやく圭介は辺見を振り返った。

「俺があんただったらこの家には長居をせんね」

「逃げろというのかね」

意外なほど静かな口調だったが、臆《おく》している様子はなかった。

「むざむざ殺されることもないだろう。第一、あんたがいうような異常者にしちゃ、少し手がこみすぎてる。さっきのやり方は、プロか、悪くてもセミプロの手口だ。石油をぶっかけて火をつけるのとはわけがちがうぜ」

「わかっておる。いずれにしても、儂はこの家をしばらく空けるつもりだったのだ」

「御旅行か？」

「原稿を書くためにある場所に行こうと思っておった」

「人里離れた山奥なら、勧められんな。今度は人数を集めて堂々と押しいってくるかもしれん」

「その心配はない」

辺見は笑みを浮かべた。

「よかろう。だったらあんたは、あんたの好きな場所に行くことだ」

「君は来んのかね。相手をつきとめる良いチャンスだと思うがね」

「ピアスを胸板に下げる趣味はないんだ。好んで穴を空けてもらうことはないだろう」

「賢明だ。しかし、今夜のことは礼をいう。今度は礼をいう機会がないかもしれんからな。君は実に興味深い人物だ」

圭介は首を振った。

「当分は自分の安全だけに興味を持つことだ。いつからここを離れる」

「明日の夜か、明後日の昼だな」

「なるべく早い方が良いな」

辺見は素直に頷くとドアを開いた。

「それじゃあな」

「高松くん――」

「……？」

見上げると辺見は鋭い目で圭介を見かえした。

「君が最後に人を殺したのはいつだね」

圭介は無表情だった。

「何のことだ」

辺見はにやりと笑い、同じことをくり返した。

「儂にはわかるのだ。興味深い男だ」

圭介はドアを閉じ、スターターを回した。

バックミラーの中を、佇《たたず》む辺見の姿が遠ざかった。暗がりに在って、その長身はひどく孤独なものに映った。

扱いにくく、尊大で人を喰《く》った老人だ。しかし、胆《きも》っ玉《たま》は確かに持っている。

圭介は思った。


「撃たれたんだ。拳銃だ、消音器付きの」

圭介は辛抱強くいった。文映社に戻っていた児玉は信じられないように訊《たず》ねた。

「なぜだ？　どこで？　誰に？」

「答えられるのは真ん中だけだ。環七の途中だ。バイクに乗った男さ」

左手でハンドルを操《あやつ》りながら、右手の受話器に声を送り込む。

「で、怪我《けが》は？　警察は？」

「どっちもなかった。弾は俺の車の下取り価格を下げてくれただけだ。爺《じい》さんは自分の家に帰ったよ」

　電話の向こうの児玉は二の句が継げないようだった。

「君はそれでそのまま戻ってきたのか」

「俺にどうしろというんだ。オムツが必要なほど幼くも、年をとってもいないぜ、あの爺さんは」

「だが放っておけばまた狙われるかもしれん」

「狙われたのが俺かもしれん、といったのはあんただぜ」

「しかし――」

「それに、今夜は多分大丈夫だ。たて続けに殺《や》ろうとすれば、いくら何でも警戒されていると思うはずだ」

「その逆もあるぞ。もし警察に届けられていないことを、誰だか知らんが狙っている人間が知れば、今のうちに片付けようとするかもしれん」

「あのなあ、俺はガードマンでも、奴の心酔者でもないんだ。どんな義務も俺にはないんだ」

「犯人をつきとめたいといったのは君だ」

「そうさ。だが同じ奴がやったとは限らない。ひょっとしたら、河合を絞めたのと、今日撃ってきたのと、脅迫状を出したのと、放火をしたのと、都合四人の犯人がいるかもしれない」

「自分でも信じていないことはいうな」

「わかった。だが、とりあえず俺は家に帰る。抹香臭い服を脱ぎたいんだ」

「君はこの道に関しては誰よりも詳しいし、頼りになるんだ。それを忘れんでくれ。それに――」

児玉はためらった。

「何だ」

「君にとっては嫌な爺さんかもしれんが、辺見俊悟は立派な文学者なんだ」

圭介は眉《まゆ》を吊《つ》り上げ、電話を切った。

7

自宅のある小路を一度通過しておいて、圭介は車を止めた。万一、オートバイのライダーが圭介を狙《ねら》った人間であったならば、自宅で待ち伏せをされている可能性もある。トランクを開き、目ぼしい得物《えもの》を捜す。スパナかドライバーしかない。スパナをスラックスのベルトにはさんでおいて、圭介は自宅に向かって歩き始めた。

圭介の家の付近は、午後八時を過ぎると人通りがとだえる。そのせいもあって、門灯や各家から洩《も》れる明りでは、決して足元が明るいわけではない。

相手が、車で帰ってくる圭介を待ち伏せているならば徒歩の通行者には注意を払わぬはずだ。

家の回りを一周し、ギャレージの明りをつけた。ひそんでいる者はいない。

大きく息を吐いて、圭介は車に戻った。スパナを助手席に放り出して、バックさせる。

車を納庫すると、シャッターをおろした。

玄関のロックは特別製のものを備えているし、窓には頑丈な格子が取りつけてある。屋内に侵入するのは容易ではないはずだ。

家に入ると、スーツを脱ぎすてバスルームに入った。熱いシャワーを浴びる。

撃たれたのは久し振りだった。もし傭兵《ようへい》時代に培《つちか》った勘が危険を知らせなければ、あっさり胸に弾丸を喰《く》らっていたろう。

頭のてっぺんから熱い湯を浴びながら、圭介は自分の体を見おろした。腰回りが、当時に比べればややだぶつき出しているものの、全体はひき締っている。今でも素手で人を殺すことができるはずだ。

浅黒く焼けた体にふたつの白い傷跡が残っている。ひとつは右脇腹《わきばら》の筋、もうひとつは左の太腿《ふともも》についたエクボのような跡だ。

脇腹は銃剣で、太腿は弾丸でやられた。脇腹の傷は、清水を助けるために受けたものだった。

一センチ上ならば、肋骨《ろっこつ》のすき間から肺に達していたろう。輸血の装備のない戦地ではまちがいなく出血多量で死んでいた。

そのことを思い出したせいか、それとも夕方の出来事のせいか、圭介は身震いするのを感じた。

湯を止めると、粗《あら》いタオルで体をこすった。トレーナーを濡《ぬ》れた頭からかぶり、コーデュロイのパンツをはく。

書斎に入った。中は、知らぬ者が見れば、うんざりするほど乱雑に散らかっている。デスクの上には原稿用紙、辞書、資料の類《たぐい》が山積みで、灰皿からは吸い殻が溢《あふ》れていた。中央の丸テーブルにはカセットテープとレコードが放り出してあるし、朝消し忘れたまま、オーディオのパワーが入り放しだった。

ロッキングチェアの横のサイドテーブルには埃《ほこり》を浮かべたロックグラスがのっている。その中身をポトスの鉢にぶちまけ、圭介は改めてブランデーを注いだ。

ふた口で飲み干すと、乱暴にデスクのひき出しを開ける。深い箱には、カメラ、双眼鏡、ミニレコーダーに混じって、革の鞘《さや》に納まったハンティングナイフがあった。

同じ物があと三本、家のあちこちに隠してある。それらは侵入者の予想もつかない場所で、圭介に武装を与えることになるのだ。

鞘をベルトに留めておいて、圭介は机上のペーパーナイフと懐中電灯を取り上げた。

書斎を出てギャレージに向かう。

再びギャレージのシャッターを上げ、中に入ると降ろした。明りをつけ、アストンマーチンの助手席の背を倒す。

その背に乗っかって、圭介は後部シートにかがみこんだ。懐中電灯の光をあてながら、弾丸があけた穴にペーパーナイフをさしこむ。ゆっくりとこじるように回すと、固い感触が刃先にあった。

慎重にかき出すと、五ミリ程の小さな金属の塊がこぼれ落ちた。

もうひとつは、助手席の背に埋まっている。圭介はそれも取り出した。

ギャレージに鍵《かぎ》をかけ、書斎に戻るとスタンドの明りでつぶさに観察する。

シートを貫通せずに留まったのは、火薬量の少ない小口径弾であったことを意味している。弾頭の大きさを計った上で、22ショートの弾丸だと結論した。

サイレンサーを効果的に使用するのは大口径の拳銃《けんじゅう》では不可能である。ひょっとしたら火薬を少し抜いて装塡《そうてん》した弱装弾だったのかもしれない。

サイレンサーを装着した上で、なお、火薬量を減らすのは銃声を極端に抑えるためにプロが使う手口である。自動拳銃の場合、ガス圧が落ちるため作動不良を起こしやすくなるので、要領が難しい。

22口径や25口径の拳銃弾では滅多に人は死なない。心臓か頭部に被弾せぬ限りは、まず助かるものだ。

それを敢《あ》えて使うのは、生死を問わず傷つけることを目的にするか、腕前によほどの自信を持っているかのどちらかである。

アメリカの一級のプロはこういった小口径を使う。銃声が小さく、銃自体もかさばらないからである。

フルフェイスのヘルメットのお陰で、ライダーの人相は全くつかめなかった。

圭介はスタンドを消し、椅子の背にもたれかかった。掌の上で、二つのちっぽけな金属の塊を転がす。

自分を狙《ねら》ったのか、それとも老人を狙ったのか。もし辺見だすれば——。

「爺《じい》さんには荷が勝ちすぎる相手だな」

圭介は呟《つぶや》いた。


「ハロー、ケイ？」

「……リセか」

「そう。眠っていたの？」

受話器の向こう側からピアノの弾《ひ》き語りと談笑の声が流れこんだ。圭介はベッドに上半身を起こすと、枕元《まくらもと》の時計を見やった。液晶は午前二時四十分をさしている。

「今日は早起きだったんだ」

ぶっきら棒に答えた。

「これから行ってもいい？　迷惑？」

アクセントがややおかしい。カナダで育ったせいもあるが、それだけではないようだ。

「飲んでいるのか」

「ハイ。ニッポンの男の人、孤独なガイジン女に親切ね、いっぱい、いっぱいお酒飲ませてくれました」

わざと片言で言ってみせた口調に笑いがにじんでいた。

「またお人良しの中年をひっかけたな」

「ノー、日本の大学生ってとてもお金持よ。それにキュートで礼儀正しいわ」

「そいつに遊んで貰《もら》ったらどうだ」

「ふたりいたのだけれど酔い潰《つぶ》れちゃったの。その気にさせておいて失礼しちゃうわ」

「いつ、こっちに着いた」

「夕方。明日の夜、またフライトで、しばらくはナリタにも来られないの。お願い」

圭介は溜息《ためいき》をついた。

「色キチガイめ」

「私をそうさせたのは誰？」

「やれやれ」

「これからそっちに行っていい？」

圭介は頭に手をつっこんでかきむしった。

「今どこだ」

「六本木」

「清水の店、覚えているか」

『ＡＸ』ね、うん」

「まだ開いてるはずだ。そこで会おう」

「オーケイ。シーユウ、レイター」

枕元のサイドテーブルに受話器を乱暴に放り出して、圭介はベッドを降りた。眠るまで着ていたパンツにトレーナーを着ける。ベルトに差した革鞘はそのままだ。ドレッサーから、コーデュロイのジャケットを取り出すとそれを肩にひっかけた。

バスルームで顔と口を洗い、リビングに放り出した車のキイホルダーを取った。サイドウインドウには弾痕《だんこん》がそのまま残っている。明日にでも細かに砕いて、修理屋に持っていくつもりだった。リセがそれを見たら、何か訊《たず》ねるかもしれない。それに答えるのはおっくうだった。

だがタクシーを拾うのは時間を食う。麻布十番の方角まで歩かなくてはならない。

タクシー。圭介の手が止まった。河合はタクシーを使ったはずだ。佐伯はそれを調べただろうか。抜け目のない刑事である彼のことだ。気づかぬはずはない。

次に会った時はそれについて訊ねてみよう。

圭介はギャレージに向かった。

「AX」はまだ開いていた。店の裏、清水のクラウンの隣である定位置に、圭介はアストンマーチンを止めた。

暗い店内に入ると、ダミアのシャンソンが耳に流れこんでくる。客は意外に混《こ》んでいた。

毒舌で人気を博しているボードビリアンと有名な漫画家の一行、アベック、そしてゲイらしい男の二人連れ。ゲイを含めて、男たちの視線を浴びる、カウンターの白人娘。紫のシルクのブラウスに、深い前スリットが入った白のスカートを着け、高く脚を組んでいる。

ブランデーグラスをはさんで、清水と話しこんでいる。むやみと金髪をかき上げるのは、興奮しているときの癖だ。後ろから一瞥《いちべつ》しただけでリセが下着の類を一切つけていないことはわかった。

隣に腰をおろすとしなだれかかるように肩をぶつけ、純白の丸みを胸の谷間からたっぷり見せつけた。

「ハイ」

甘い声と香水の香りが耳と鼻を一時に攻めたてた。

「まったく地震でも起きるんじゃないかな。三日連続ですよ」

清水がニヤつきながらいった。

「ブランデーソーダ」

注文しておいて、圭介はリセに向き直った。煙《けむ》ったような青灰色の瞳《ひとみ》が見返してくる。酔いは、赤らんだ高い頬骨《ほおぼね》のあたりにうかがえるだけだ。わずかに吊《つ》った眼尻《めじり》が顔全体に東洋的な雰囲気を与えている。事実、見かけは完全な白人だが、四分の一《クオーター》ほど日本人の血が流れている。それはリセを全裸にしてみなければわからない。

バストとウエストの差が三十センチはある見事なプロポーションを持っている。ベッドの上では力強く圭介の体を押し返し、貪欲《どんよく》に奪いつくす肉体だ。眼が悪戯《いたずら》っぽく光ると、薄いピンクの舌が唇の間からのぞいた。ひどく淫《みだ》らな表情になる。

「カナダ航空もどうしようもない色情狂を乗っけたもんだな」

圭介はフランス語で呟いた。リセはフランス語ですぐに応じた。

「浮気者。夕方着いてすぐ電話したのよ。どこに行っていたの」

「とある爺《じい》さんとデートしていたよ」

きれいに切り揃《そろ》え、磨かれた指先がのびてきて、圭介の脇腹をつねった。

「金に目がくらんでゲイに鞍替《くらが》えしたのね。ジゴロ！」

無言で微笑してやりとりを聞いていた清水が圭介に目を移した。会話の内容は彼にも理解することができる。

「君の爺さんが、君をスイスの寄宿学校に入れたりするからこんなことになるんだ」

リセの祖父はカナダの石油コンツェルンの総帥だった。孫娘の扱いに手を焼き、自らも経営にタッチしているカナダ航空にリセを放りこんだのだ。

「いつもいってるわ。お前のお陰で、いつかカナダ航空は『空飛ぶ売春宿』って呼ばれるようになるって」

「理解しあってるようだな、君たちは」

「意地悪」

圭介は前を向くと清水に硬貨を手渡した。

「ハイライト」

清水は受け取っておいて、手の中に目を落とした。百円玉の他にもうひとつ金属の塊があることに気づいたのだ。

「何だと思う？」

フランス語で訊ねると清水は合わせた。

「22ショートでしょう。どうしたんですか」

「爺さんとのドライブの最中にね」

清水は小さく頷《うなず》いた。

「実は電話しようかと思ってたんですよ」

「何か？」

「羽澄と前川が新しい仕事にありついたらしいんです」

圭介は眉《まゆ》を上げた。

「羽澄は一度、この店で会ったことがあったな。前川というのはどんな男だい？」

清水は首を振った。

「昔はもっぱら東南アジアで軍事教練の教官をやっていたそうですがね。ラングレーで高等教育を受けたっていう噂《うわさ》もある男ですよ。ナイフを扱わせたら、ちょっと右に出る者がいませんよ。自衛隊の空挺やレインジャーの現役でも敵《かな》わないんじゃないのかな」

「リタイアしたのかな」

「半々てところじゃないですか。ＣＩＡのおこぼれの汚ない仕事をやっていない時にはフリーランサーをしてるって話です」

「羽澄は以前、おたくの同僚だったよな」

「南アフリカで二度ほど一緒になったことがあります」

「ねえ、何の話してるの」

リセがいきなり割りこんだ。この娘は日・仏・英を解するので厄介だ。清水は韓国語も話せるのだが、圭介にはできない。

「何でもないよ。昔馴染《むかしなじ》みの噂話さ」

「嘘《うそ》よ。すぐわかるんだから」

「君を売りとばす相談をしていたんだ。中東では今でも金髪女に高値がつくらしいからね」

「ロクデナシ！」

「東洋人、特に日本人が一番の高値らしいですがね」

清水が片眼をつぶって答えた。

「グラスが空よ！」

「うるさい姐《ねえ》ちゃんだ。清水、もう一杯作ってやってくれないか」

「ええ」

苦笑いをして、ヘネシーのXOをリセのグラスに注いだ。

「お腹《なか》が空いたわ、ケイ。ラーメンかお茶漬けが食べたい」

大きな日本語でリセは叫んだ。ゲイとアベックがぎょっとしたように目をみはった。無理もない。今の今までフランス語を喋っていたのだ。

「よし、いい子だからもう少し待ってくれないか。そうしたら茶漬けでもお握りでも食わせてやる」

「スシがいい」

「オーケイ」

答えておいて、清水に向き直った。清水は今夜も黒ずくめのいでたちをしている。

「二人を雇ったのが誰だかは?」

清水は首をふった。

「ですが、あの二人に目をつけるぐらいだ。相当顔の広い、しかも力のある人間でしょう」

「連中は普段は何をしているんだ」

「前川については何もわかりません。羽澄は甲州街道沿いに中古車屋を持ってますよ。その商売でも結構やり手で儲《もう》けているらしいんだが、よっぽど忘れられないんでしょう」

何を忘れられないのかは、訊ねなくとも圭介にはわかっていた。危険の匂《にお》い、死の味だ。

圭介が刺激に飽き足らぬように、幾度も死線をくぐった男たちは、この平和な日本で飢えているのだ。圭介は一度だけ会った羽澄を思い出そうとした。

年は四十代の前半で、髪を短く切り、がっちりした体をしている。確かひどく聞きづらい濁《だ》み声だった。ぱりっとしたビジネススーツを着こなし、快活にふるまう酒に強い男だった。

「確かガラガラ声じゃなかったかい、羽澄は？」

清水は頷いて顔をしかめた。

「ええ、黒人ゲリラと取組合いをしましてね、殴られて喉仏《のどぼとけ》を潰《つぶ》されかけたんです」

圭介は手短かに環七で襲われたときの手口を話した。リセがおとなしくしていると思ったら、カウンターに頬をつけて寝息をたてている。

「羽澄がやったとは思えませんね。前川についちゃ、私にもわかりませんから。ただ羽澄の周りには暴走族アガリのイキのいいのが揃っているそうだから、そいつらの一人に銃を渡してやらせたのかもしれない」

「ヤクザとはつながっているのかい」

「羽澄はね。ただ、上の方とのゴルフや麻雀《マージャン》のつきあい程度でしょう。もし正体が知れたら、そこらのチンピラなんか裸足《はだし》で逃げ出しますよ」

「二人を雇ったのが誰だかつきとめる方法はないかな。そうすれば、俺《おれ》たちを襲ったか、襲わせたのが、連中かどうかはっきりする」

「難しいですね。おそらくもう一人ぐらい人を介しているでしょうし……」

「当人に直接会って訊いてみるかな」

「甘くは見れませんよ」

　圭介は頷いた。

「どこで中古車屋をやっているって」

「京王線のつつじヶ丘《おか》の近くです。羽澄モータースという名前です」

「連中を雇うのに幾らぐらい使ったのかな」

「さあ。ですがトップクラスですからね。キャリアも腕もあるし、口も堅い。警察にもマークされていないような連中だから、百や二百の端《はし》た金《かね》じゃ動かないでしょうね」

　異常者が一人の作家を殺すのに、それだけの大金を積むとは思えない。もし羽澄と前川がこの件に関《かか》わっているとしたら、狙われたのはやはり自分なのだろうか。

　圭介は思った。

　しかしこのところ危険な目にあうような仕事はしていない。児玉のところに送っている原稿はアフリカのダイヤモンド輸出にからんだ裏話だ。読めば頭に来る人間はいるだろうが、殺し屋を雇うほどではない。第一に河合を殺す理由は彼らにない。

　プロの殺し屋が、児玉のいうようなひと違いをするはずはないのだ。前もって脅すというような真似《まね》は絶対にしない。

　もし辺見を狙ったのだとすれば――。

　最初は素人《しろうと》に毛の生えた程度の人間を使って脅迫する。そしてそれでも辺見が何かをやめない（またはやらない）時はプロを使って消そうとする。

ありり得ることだった。

「とりあえず羽澄に会ってみた方が良さそうだ」

「一緒に行きましょう」

何でもないような口調で清水がいった。

「いいのかい」

「どうもね。独りで行かせない方がいいような気がする」

いって清水は口元だけで笑った。

8

「誰の話をしていたの、ずっと」

暗がりの中でリセが眼を閉じたまま訊《たず》ねた。呼吸がようやく元に戻りかけているときだった。腹ばいで横たわったその背中がゆるやかに、しかし大きく上下している。

「何のことだ」

「シミズとの会話。ナイフの名人で忘れられないっていう人」

圭介はゆっくりとリセの体から自分をひき抜いた。リセが深い溜息《ためいき》をつく。

仰向けに横たわると、寝室の天井を見上げた。ティッシュを自分の体に当てたリセが、顔を圭介の股間《こかん》に落とした。白人で大金持の家に育った割に、こういったときのリセは甲斐甲斐《かいがい》しい。

　自らの唇で、濡《ぬ》れた圭介の体を清めるとティッシュで拭《ぬぐ》った。

「眠ったの」

「いいや」

「怒ったの」

「いいや」

「飽きたの」

「何に、君にか」

　リセが首をふると、さらさらした金髪が圭介の胸にふれた。心地よい感触だった。

「トウキョウの生活」

「別にそんなことはない」

「隠しても駄目よ。私はあなたの正体を知ってる。あなたはインテリすぎる野獣だわ。本能の命ずるままに動くには色々のことを知りすぎているけど、ずっと押し込めていられるほど優しい本能じゃないのよ」

　リセは英語でいった。

　ジュリアにも同じようなことをいわれた。圭介は闇《やみ》の中で苦笑した。ただジュリアとちがうのは、リセは圭介が実際どんな人物であるかを知っている。

あれはバンクーバーでの出来事だ。圭介はルポの仕事でケベックの独立解放戦線を取材した帰りだった。リセとカナダに向かう飛行機で知りあった圭介は、バンクーバーで偶然昔馴染《むかしなじ》みに再会したのだった。

戦闘で片腕をなくしたオーストラリア人で、それ以来酒びたりになり、無論外人部隊はやめていた。どういうルートを辿《たど》ってか、リセが油田の持主の孫娘であることを知り、リセを誘拐して身代金を取ろうと企《くわだ》てたのだ。

そのときの圭介はリセのそういった身分など何ひとつ知りはしなかった。単に飛行機で知りあったキャビンアテンダントといちゃついて、残り日程を消化しようと考えていただけなのだ。取材が思ったよりはかどり、児玉から貰《もら》う予定の費用がだいぶ浮きそうな状況だった。

リセはフライトを同僚にかわってもらい、圭介のホテルに泊まり続けていた。

たまには外に出ようという話になり、リセの案内で夕食をとりに外出した夜、彼らが襲ってきた。

オートバイと自動車に分乗した三人組で、オートバイに乗った若者が拳銃《けんじゅう》で圭介を脅し、リセを自動車に押し込めようという計画だった。

リセが大声を上げ、若者がひるんだすきに圭介はヘルメットの下の喉仏《のどぼとけ》を手刀で叩《たた》き潰《つぶ》した。昏倒《こんとう》した若者から拳銃を奪い、自動車の二人と銃撃戦になった。運転席にすわる片腕の大男に気づいたのは、彼の額を撃ち抜いた後だった。

警察が駆けつけ、野次馬がたかり始めたときにはすべて終わっていた。二人が死亡し、一人が重い障害を負った。圭介とリセは無傷だった。

しかしその事件は地元の新聞に小さく出た他は、まったく記事として大きく扱われなかった。事件を知ったリセの祖父が差し止めたのである。老人は圭介に礼状ひとつよこさなかった。ただリセの乗る便に、東京発着のものが増えたことは確かだ。そしてリセがときおり宿舎から行方不明になっても、東京における限りは、上司から苦情が出ることがなくなった。加えて、帰りの飛行機の席がファーストクラスになり、それ以降、圭介がカナダ航空を利用する際は、料金、予約が一切不要である旨、チーフパーサーから聞かされた。

もっともそれ以来、圭介はカナダ航空に乗ったことはない。

ふた月に一、二度、会うか会わぬかの仲だが二年近く続いている。リセの左手には、先月圭介が誕生祝いに贈ったプラチナのブレスレットが巻かれている。二十七歳の誕生日だった。

「なぜキャビンアテンダントを辞《や》めない」

「そしてオタワかモントリオールで退屈な生活をしろというの」

「ニューヨークでもパリでもロンドンでも好きなところに行けるだろう。お祖父《じい》ちゃんに頼んでお店でも持たせてもらったらどうだ。あるいは昔のモデルの仕事に戻ったら？」

「トウキョウはどうなの」

「さほど面白い街じゃない」

「ケイがいるわ」

「それほど面白い男じゃない」

「私を笑わせてはくれないけれど、感じさせてくれる男よ」

「君ならいつでもかわりは見つかる」

「そうね。でも試して、あなたより劣るようなら戻ってくるわ」

リセは平然といった。

「そのとき俺《おれ》がいなかったら」

「お祖父ちゃんに頼んで捜してもらう。簡単なことだわ。あなたのような日本人は少ないもの」

「なるほどね」

煙草《タバコ》をひきよせ、火をつけた圭介は煙を天井に吹き上げた。

「私に飽きたり、嫌いになったのなら、その時は言って。会社に話してトウキョウ便から外してもらうから」

「君の隣にいるのはロクデナシだぜ」

「でも男よ」

木樵《きこり》から出発したという祖父の血を受け継ぐリセは、強い男に惹《ひ》かれるものを持っている。そして圭介は、バンクーバーの一件ではからずもそれを証明した。

「ケイが何をやっていようと私は関係ないわ。私は男が好きなの。本物がね」

大きな猫のように手足を伸び縮みさせてリセはいった。

「本物の男の定義は変わったんだよ、リセ。今は冷たい眼鏡を光らせて、自在にコンピューターを操《あやつ》る男の時代だ。データを解析し、たちどころに二点間の最短距離を算出する。それが本物の男さ」

「いいわ。そしたら私は——」

いってリセは吐息を洩《も》らした。

「お祖父ちゃんの持っている山に行って、そこの木樵のひとりと結婚する。LSIの塊なんて真っ平よ。寒けがするわ。コンピューターのキイを叩くのがいくら上手でも、女にオルガスムスひとつ与えてやれないようならくたばっちまった方がまし」

「その喋《しゃべ》り方をどこで仕入れたんだ、リブの活動家からとも思えないが」

「あなたの好きな、スイスの寄宿学校よ。世界中の金持の娘が送りこまれるところ。教わるのはドラッグと、あれの強い男の見分け方ぐらいのものだわ」

「母校愛が強いんだな」

「あなたを飛行機の中で見分けたのも、その学校教育のお陰ですもの。あの便で私にデートを申しこんだのは、あなたが六人目だったのよ」

「お陰でいいボディガードを手に入れたわけだ」

「お黙んなさい」

「これからキャビンアテンダントを誘惑するときは出身校をまず訊ねることにしよう」

唇を塞《ふさ》がれた。


翌日、リセを宿舎のホテルに送った圭介は帰りに清水の住居に寄った。住居といっても「AX」の二階である。午後二時を回っていた。

「AX」の門柱にとりつけられたインターホンを押すと、二階の窓から清水が顔をのぞかせた。

「どうぞ上がってらっしゃい。鍵《かぎ》は開いています」

圭介は「AX」の店内に入り、カウンターをくぐると階段を昇った。今日はジーンズの上下にハイネックのセーターを着けている。

二階に昇るのは初めてだった。黒く塗られた階段を昇りつめると、白木のドアがあり、それをひいた。

軽快なエレクトリックピアノのサウンドが流れてきた。圭介もレコードを持っているフュージョンサウンドのアルバムだ。

「驚いたな。シャンソンしか聞かないのかと思っていた」

小さいが余分なものを一切排除した快適な居間の中央に清水はすわっていた。手造りと覚《おぼ》しい白木のテーブルに、椅子。本棚にはアウトドアライフや釣り、自然科学に関する書物が詰まっている。音楽は床に置かれたミニコンポーネントから流れていた。その床はインド産の手織りの敷き物だ。

「少し固いがまあどうぞ。お坐《すわ》りなさい」

「あんたが作ったのかな」

今まで飲んでいたらしいコーヒーの入ったモーニングカップを手に清水は立ち上がった。圭介と同じように、ジーンズにバルキーのセーターを着ている。

「ええ、ベッドも含めて、家具らしい家具はみんなね。コーヒーをどうです。勘定はとりませんよ」

「もらおうか」

笑って圭介は答えた。

自分のカップに注ぎ足し、圭介の分も持って戻った清水は向かいに腰をおろした。

「前に羽澄の会社まで行ったことはあるのかい」

　圭介が訊ねると、清水は首を振った。明るい光の下ではヒゲの剃《そ》り跡が青々としている。

「ですが前を通ったことはあるのでおおよそのことは摑《つか》めます。向かって左手が大きな駐車場で、車が並べてあり、右の端にタテ長の事務所があります。おそらく羽澄の部屋は奥の方でしょう」

「社員は何人ぐらいいる？」

「羽澄の話では六、七人といったところですが、もしこの一件に奴《やつ》が関係しているのなら誰か置いているかもしれない」

「イキのいい若いのを？」

「ええ」

「あんたはどう思う」

「辺見俊悟を殺そうとしている人間がいるとしても、羽澄や前川を使うのは、よっぽどのことですよ。並みの人間じゃ奴らは雇えない」

　コンタクトをとることすら難しいだろう。

「確実に消したいと考えている証拠ではあるな。河合――俺の家の前で殺された男についちゃどうだ」

「殺したとしても、あんなところに死体を放り出してゆく連中じゃないでしょう。もっと後片付けはきれいにしますね」

「死体を見つからないように処分する？」

「ええ。自殺に見せかけるようにやる手だってあるし、いくら物盗《ものと》りに見せかけてもあれじゃ疑いが残りすぎる」

「なるほど」

「ただ、殺すだけ殺しておいて、死体を運び出す暇がなかったのなら別です。誰か通りかかったので、強盗に見せかけるのが精一杯だったのかもしれない」

あるいは圭介が帰ってきたのが正にそのときだったのかもしれない。そう考えたが、彼はすぐにそれを打ち消した。死亡推定時刻はもう少し前だった。

「何かを奪うのが目的だったとしたら、一応それは果たしたようだが」

しかし、この数日会った、辺見や児玉の様子ではあの晩、河合が何か重要な品を持っていたとは思われない。

「タイミング次第ですね。連中がやらなかったとはいいきれないでしょう。訊《き》いてみても死んだって本当のことはいわないでしょうが……」

警察に羽澄の話をするわけにはゆかない。そうなれば拳銃で狙《ねら》われたことも、清水や自分の過去も洗いざらい話さなくてはならなくなる。佐伯は感激して聞きたがるだろうが。

圭介は皮肉な気持で思った。

「何か持ってきましたか」

清水が訊ねた。

「いや。万一騒ぎになっちゃまずいからな」

清水は軽く頷《うなず》いた。

「私の車に釣り銭用の百円玉の筒が何本か置いてあります。これに入れていきましょう」

棚の隅から巾着《きんちゃく》のような革袋を取り出した。重い硬貨の筒を包めば、簡単なブラックジャックができあがる。

「いきなり派手なことにはならないだろう」

「羽澄がいれば、ね。いなければ居所を社員に訊かなきゃならない。そうするとこいつがいります」

圭介は両手を上げた。圭介とちがい清水は火器も持っているはずだが、この部屋には隠していないのかもしれない。

無表情になめし革のブルゾンにその革袋を押しこむ清水を見て、圭介は思った。

「まだまだ引退という感じじゃないな」

「楽しそうに見えますか」

袖《そで》を通す手を止めて、清水が訊ねた。真剣な表情だった。

「いや、それほどは」

「それならまだ大丈夫かもしれない。動かないで待機している時期が長いと、苛々《いらいら》したり、暴れたがったりするようになることがある。そうなったらお終《しま》いです。新しい指令がおりて、勢いこんで任地に向かい、しょっ端の第一歩で地雷を踏んづける。あるいは敵の撃った一発目で頭を吹きとばされる。入れこみすぎるとロクなことがない」

首をふった。

清水のいう通りだ。功名にはやろうと、恐怖にすくみあがろうと、どのみち、冷静を欠いた人間は長生きできない仕掛けになっているのだ。

「私の車で行きましょう。高松さんのは目立ちすぎる」

圭介は頷いて立ち上がった。


「あの向かいにあるのがそうです」

清水はハザードを点滅させクラウンを停止させるといった。甲州街道は夕方のラッシュアワーに近づき、通行量を増している。大型トラックが怒ってクラクションを鳴らすと右わきをすり抜けていった。一瞬視界が閉ざされ、車体がゆれるのを圭介は感じた。

柱に吊《つ》るしたロープにくくりつけられた小旗が、ゆるやかな風にそよいでいる。弱い西陽がそそぐ無人のカープールには百台近い外車が並んでいた。

欧州車が中心のようだ。年代物のベンツやフォルクスワーゲン、ボルボが多い。向かって右手にガラス張りのオフィスがあり、そのわきには従業員のものと思われるカマロやトランザムが駐車されていた。扱う車はヨーロッパ製だが、本人たちはアメ車が好きらしい。

「羽澄はどんな車に乗っているんだ」

圭介はそれらを、流れる車の屋根ごしに眺めながら訊ねた。

「さあ。以前はジャガーでしたが、ああいった商売をしているとよく車を乗りかえますからね」

清水は答えておいてサイドブレーキをかけた。エンジンを切る。

「失礼」

いって圭介の前のダッシュボードを開いた。百円硬貨の筒を二本取り出すと掌《てのひら》にのせる。重さをはかるように弄《もてあそ》んでいたが、肩をすくめ革袋に落としこんだ。だっぷりとしたフィッシャーマンズセーターの裾《すそ》を持ち上げ、Tシャツとジーンズの腹のすき間にさしこむ。

「行きましょうか」

バックミラーに目をやってドアを開いた。キイはさしこんだまま、ロックもしない。前のポケットに両手を入れて、左右を確認すると道路を素早く横断した。足元はがっちりとした重いブーツだ。あれで急所でも蹴《け》られたらひとたまりもないだろうと、圭介は思った。

清水に続いて道路を渡ると、中古車展示場の敷地に足を踏み入れた。

ガラスのドアが内側から開き、グレイの光沢のあるスーツを着た男が姿を現わした。長身でまだ若い。かなりの洒落者《しゃれもの》を気取っているようだが、どことなく崩れた雰囲気のある男だった。男前といえる甘いマスクをしている。清水が歩みよると訊ねた。

「社長の羽澄さんに会いたいのだが……」

事務所の窓から二人の男がこちらを眺めているのに圭介は気づいた。一人は三十代のずんぐりとしたスーツの男、もう一人はまだ若い。頭を短くして十代の少年といえる顔つきをしている。だが額に剃りを入れ、角度のついたメタルフレームの眼鏡をかけている。

「社長はあいにく出ております。失礼ですが……」

「清水という。六本木で店をやっている。お宅の社長とは古いつきあいなんだ」

「そうですか、それでしたら帰りましたらお伝えしておきます。何かこちらの商売の方のお話でしょうか」

　圭介は一歩踏み出して、清水と肩を並べた。

「アストンマーチンのサイドウインドウのことでね」

　男は圭介の言葉を聞いて、怪訝《けげん》そうな表情を浮かべた。

「うちではアストンマーチンは扱っておりませんが」

「じゃあサイレンサーを付けたチャカはどうだい？」

　清水がいうと、男は二人の顔を見比べた。

「何の話か、私には……」

「事務所に行こうか」

　清水は男の肩をポンと叩いた。さっと男は身をひき警戒したようにいった。

「警察から見えたんで」

「刑事に見えるような悪さをしたのかい」

「帰ってもらおうか」

　ガラス戸が開き、少年が顔をのぞかせた。

「日比野さん、どうしました」

　凶暴な表情で圭介を睨《にら》みつける。生まれつきではなかったのだろうが、ひどい三白眼になっていた。

「羽澄さんと話せりゃ文句はないんだよ、こっちは」

「いないといったろう。あんた何者だ」

「驚いたな。ひどく物覚えが悪いようだ。六本木で店をやっている社長の友人だといったはずだが……」

少年がするすると三人に近づいてきた。同時に見るからに暴走族とわかる、黒や紺のだっぷりしたズボンをはいた若者たちが、展示場のあちこちから湧《わ》くように現われた。

少年は気の抜けたような喋り方をした。

「おい。社長はいないっていってるだろ。帰んなよ」

「お宅じゃ若いのに、こういう口のきき方を教えているのか」

清水がいった。

「こいつらはうちの社員じゃないんだ。うちを溜《たま》り場《ば》にしているんだが、エネルギーが余ってしょうがないらしい。悪いことはいわねえから帰った方がいい。一週間もすりゃ社長は戻る」

「どこから戻るんだ」

圭介は若者の数を目で追いながらいった。展示された車を回りこむように迫ってくる。五人。

「ちょっと裏に行って話そうか」

清水が呟《つぶや》いた。

「タフなことというおっさんだな。半端じゃすまないんだぜ」

「坊や、どれだけ場数を踏んだか知らんが、相手の力量をはかれないうちは大怪我《おおけが》をするぞ」

清水らしくなく諫《いさめ》るような口調だった。

圭介を振り向いていった。

「このセールスマンと話をつけておいて下さい。すぐ戻ります」

少年たちに囲まれて、建物の裏手へと急がずに歩いていった。決して勇んでいるようには見えない。いくら場慣れした暴走族の少年たちだろうと、殺人技を鍛えぬいた彼の敵ではないのだ。おそらくあっという間に勝負がつくにちがいない。圭介は思った。

「いいのかい。下手すると殺されるぜ」

後に残された男が脅すように圭介にいった。圭介は肩をすくめた。

「あの小僧たちは二度とここには近寄らなくなるだろう。さ、話を聞かせてもらおうか」

事務所に向かって歩き出した。

「待て、おい」

圭介は立ち止まって振り返った。

「何だ」

「こっちには話す気なんかないんだよ」

「だからそれについても、事務所で話そうぜ」

「わからねえ野郎だな」

圭介の肩をつかんだ。ひょいとそれを外すと、圭介は男の鳩尾《みぞおち》に突きを入れた。呻《うめ》いて前屈《まえかが》みになるのを、きれいにセットした髪をつかんでひきずり起こす。

「行こうか」

事務所では三人の男が待ちかまえていた。いずれもスーツを着こんではいるが、指にはめた指輪や派手なネクタイが素性を語っている。突き飛ばされるように、デスクを並べた小部屋に同僚が転げこんでも、慌《あわ》てる様子はなかった。

さっき外をうかがっていたのが最も年配のようだった。ドスをきかせた声で喋った。

「てめえ、どこの組だ」

「無所属、革新だ。お宅の社長にも清き一票を投票してもらいたく参じたのさ」

後ろ手でガラス戸を閉め、圭介はいった。

両脚を開いて男は立ち上がった。趣味は悪いが値の張りそうな黒のスーツを着ている。ガラス玉のように無表情な眼で圭介を見つめた。

じっと見つめ続ける。

「こんなやり方はねえだろう」

「チンピラをたきつけたり、バイクから拳銃で狙うのはどうなんだ」

「なにを？」

立ち上がった最初の男がデスクの下から木刀をひき抜いた。

「このガキは！」

力いっぱい叩きつけてくるのをかわすと、圭介は蹴りを放った。男はデスクに腰を打ちつけ一回転すると、電話機や書類ばさみとともに床に転げ落ちた。

「羽澄はどこに行ったんだ」

眼鏡をかけた若い男が進み出た。ゆっくりと眼鏡を外して、派手なダブルのブレザーにしまい、もったいをつけてその上着を脱ぎ始める。

「こいつはミドル級の全日本ランキングまでいった男なんだ。一発でも入りゃ、ただじゃすまねえぜ」

せせら笑うように黒スーツの男がいった。

「そうかい」

いって圭介は一歩踏みこんだ。その男は右腕を上着から抜こうとしているところだった。全体重をのせたストレートをその顎《あご》の先に打ち込んだ。爪先《つまさき》が持ち上がり、棒のように倒れる。

「チャンピオンにはなれなかったようだな」

「汚ねえぞ、貴様っ」

背後でドアが開いた。清水だった。圭介と目があうと小さく頷き、いった。

「急所は外しておいたから死ぬようなのはいないだろう。あんな連中をかませ犬に使うのは感心せんな」

「てめえら何なんだいったい?!」

「お宅の社長に会いたがっているだけさ。どこにいる」

圭介は男の黒スーツをつかむとひきずり寄せた。その背につかみかかろうとした残る一人の後頭部を、清水が素早く手にした革袋で殴りつけた。ぐんにゃりと膝《ひざ》を折って崩れていく。魔法のような鮮やかさだった。

男の眼に脅えの色がうかんだ。

「社長室へ案内してくれ」

「断わる。社長は不在だ。帰ってくれ」

「そいつはもう聞いたよ。どこに行ったか知りたいから、案内しろといってるんだ」

「知らん」

圭介は男の眼をじっと見つめた。男は瞬《まばた》きをして見返した。

「昨日、環七でオートバイに乗っていたのはあんたかい」

「何の話だ」

「貸してくれよ」

いって圭介は男から目をそらさずに、清水の方へ手をのばした。ずっしりとした重みが掌の上に加わった。

「まず膝の皿だ。一生不自由するぞ」

男の顔面から血の気がひいた。額に浮かんだ脂汗の粒を、男のネクタイで拭《ふ》きとってやった。

「や、やめろ」

「じゃあ、拳銃で俺を狙ったのは誰だ」

「俺は何も知らねえ」

革袋の端を握ると左膝に叩きつけた。砕ける感触が伝わった。男は呻いて、片膝を折った。

「今なら医者に行けばくっつくかもしれん。もう一度叩いたら、どんな名医でもお手あげだ」

「わかった、わかった。そいつは社長と一緒に出かけた村田だ。元モトクロスのレーサーだった男で、うちの社員だよ」

男は甲高い声で応じた。

「よし、いつから社長はいない？」

「今日からだ。朝、村田と寄ってしばらく出張するといっていた」

「いつまで」

「それはわからん。二、三日か場合によっては一週間……」

「何のために出かけたかは知ってるな」

男は首を振った。左手はしっかりと割られた膝を抱えている。圭介が一歩踏み出すと右手を顔の前に上げて叫んだ。

「本当だ、本当に知らない。村田なら何か知ってるだろうが」

「じゃあなぜ俺を襲ったのがその男だとわかる？」

「昨日はバイクで来てたんだ。それに社長からチャカも貰っていた」

「いいだろう。社長室はどこだ」

「奥だ……」

男は手で示した。

「どうせ鍵がかかっているだろう。どこにある？」

清水が訊ねた。

「鍵はかかってねえ」

「見て来て下さい。私はこいつらを見てます」

清水が低くいった。圭介は頷くと、事務所の奥に入っていった。

9

「すっかりあんたに手間をかけてしまったな」

圭介はクラウンに乗りこむと、清水にいった。清水はすぐには答えず、サイドミラーに注視しながら車を発進させた。

「別にいいんじゃないですか」

羽澄が鍵《かぎ》をかけていかなかったということは、とりも直さず社長室には手がかりになるような品が置かれていない証《あか》しであった。圭介はデスクの中身から卓上カレンダーまであらゆる品を当たった。だが、手がかりになる品は住所録すら置かれていなかった。

「それより奴《やつ》と村田とかいう部下がどこに行ったかが問題です。もし高松さんを狙《ねら》っているのなら姿を消す必要もないと思いますがね」

「東京以外の土地に用事ができたとしたらどうだろう」

清水は運転しながらちらりと圭介に目をやった。五人の少年たちを相手にしていながらかすり傷ひとつ負った様子もない。事務所に入ってきたときも呼吸を乱してすらいなかったのを圭介は思い出した。

「どこか心当たりがあるんですか」

「どこだかはわからない。けれども辺見の爺《じい》さんが今夜か明日の昼に、東京を離れるといっていた」

「彼を狙う人間に雇われたのなら、そこへ行ったのかもしれませんね」

圭介は頷《うなず》いて体をのばした。羽澄が雇われたのが辺見俊悟を殺すためであるのなら、圭介がこれ以上深入りする理由はない。何も好きこのんでプロと事を構える必要はないのだ。といって警察に通報するわけにもいかない。

羽澄モータースの社員たちはおそらく届けないだろうが、たった今、圭介と清水は傷害と不法侵入を犯してきたばかりなのだ。

河合を殺した人間については、圭介が痛めつけた男は何も吐かなかった。両膝《りょうひざ》をバラバラにするといっても否定しつづけた。本当に何も知らなかったようだ。

「放っておくんですか」

清水がいった。どこか、からかうような響きがあった。圭介の迷いを見通しているようだ。

「知らん顔をしたらどうなる?」

清水はハンドルから片手を上げた。

「訊《き》くまでもないでしょう。羽澄と前川にとっちゃ辺見さんがどこにいようと朝飯前の仕事ですよ」

「そんな仕事になぜ、二人も雇ったのかな」

圭介は昨夜来、胸の裡《うち》にあった疑問を口に出した。

「確実に、しかもアシがつかないような手段で辺見さんを殺したいのでしょうね」

「だろうな……」

圭介は煙草《タバコ》をくわえ、ジッポで火をつけた。清水は、バックミラーに目をやり尾行に気を配りながら、大きな迂回路《うかいろ》をとっている。

辺見に警告をしても何の役にも立たないだろう。素人《しろうと》がいくら警戒しても歯がたつ相手ではないのだ。

誰《フー》が、はまだわからない。

どんな手段《ハウ》で、はわかった。

どこで《ホエア》、は辺見の行く場所だ。

いつか《ウエン》、は羽澄と前川が決定する。

何《ホワット》を、するかはわからない。

そして、なぜ《ホワイ》なのか。

それがわかれば、二人を雇った人間もはっきりする。河合を殺した人間も明らかになるだろう。

辺見俊悟はおそらくこの問いの幾つかに答えられるはずだ。彼は何かを知っていて、その上で命を狙われているにちがいない。あるいは犯人そのものを知っているのかも。

「二人とやったら勝ち目はあるかい？」

圭介は訊《たず》ねた。

「高松さんひとりで？」

圭介は頷いた。

「いっちゃ悪いが優勝チームの一軍と、最下位チームの二軍です」

「リタイアして時間がたっているからな」

「有力選手をドラフトしたらどうです」

真面目《まじめ》な口調だった。

圭介は清水の横顔を見た。

「どこもギャラを払わないかもしれないぜ」

「いいんじゃないですか」

「本当は俺《おれ》自身も決心がつきかねてる」

「悩む時間は大してありませんよ」

「好奇心は猫も殺すそうだ」

「飛んで火に入る夏の虫という諺《ことわざ》もありますしね」

「『ＡＸ』だけでも充分、贅沢《ぜいたく》ができているようだが……？」

「不満はないですよ、これといって」

「そのうちに好きな女でも現われて危い橋は渡りたくなくなる」

「結構ですね、平和が一番だ」

「エプロン姿が似合うって歌もあった」

「あれは女の歌です」

「酒びたり、アル中の余生も悪くはないと思うが……」

「どこか南の島でも行きますか？」

「スキー教師だってできるぜ」

「勿論《もちろん》、知っています」

「………」

清水は圭介をふりむき、にやっと笑った。

「オーケイ、豪徳寺に行ってくれ」

圭介はいった。

辺見俊悟の家には明りがついていた。周囲に潜んでいる者の気配はない。圭介は門前に車に乗った清水を残し、インターホンに歩み寄った。

「……誰だね」

ブザーを押すと、辺見自身の声が返ってくる。息を切らしていた。

「高松圭介だ。あんたに話があって来た」

「待ちたまえ。今、鍵を開ける」

扉が開き、木綿のスウェットスーツを着けた老人が姿を現わした。グレイのトレーナーにグレイのパンツ、汗がにじみ、銀髪が乱れている。

「シャドウボクシングでもやっていたのか」

「ベンチプレスだ。前ほどは上がらなくなったが、百ポンドは上げている」

ぴしりと老人はいった。

「驚いたな。タフなのは心臓だけじゃないようだ」

「入りたまえ」

圭介は中に入った。三和土《たたき》の横に小さなスーツケースと、黒い革の手さげ鞄《かばん》がおかれている。

「いつ出かける積りだったんだ」

「明日の昼の列車に乗る」

一昨日訪れたときも案内された部屋に通された。

「通いの手伝いに暇をやったので、どうも勝手がわからんが何か飲むかね」

「ビールがあれば」

「よかろう。すまんがキッチンに行って捜してくれ、儂《わし》はもうワンセット上げなくてはならん」

「好きにしてくれ」

キッチンは古いが清潔で、辺見の家そのものと同じ雰囲気だった。木製の二人がけのテーブルにコーヒーメーカーがのっている。小さなバーセットが、そのかたわらにあった。グリーンに塗られた巨大な冷蔵庫を開くと扉のポケットに缶ビールが並んでいた。

「あんたは何を飲むんだ！」

圭介は大声で怒鳴った。しばらくたって返事が返ってきた。

「ガラスのピッチャーに野菜ジュースが入っている。持ってきてくれ」

捜すまでもなく、それはビールの横に置かれていた。緑色のどろりとした液体が入っている。グラスに注ぐと、強烈な匂《にお》いがした。

すりニンニクも入っているようだ。

応接間に戻ると、タオルを首に巻いた老人が、息を喘《あえ》がせて待っていた。

「たとえ不老長寿とひきかえでも俺は御免だ」

グラスを老人にさし出して圭介はいった。

「朝鮮人参《にんじん》とニンニクがベースになっておる。二十年前に会った韓国の跆拳道《テコンドー》の老師から教わった」

圭介はビールの缶を掲げて見せた。

「儂に話というのは？」

それでも決して美味だとは思っていないようだった。複雑な表情を浮かべて一息に飲み干すと、老人は訊ねた。

「あんたを狙っている人間がわかった」

「ほう」

驚いた様子はなかった。

「ただし雇われた連中だ。大もとの雇った人間は知らん」

「儂を殺しに来るのはどんな男たちかね」

「その前に……」

圭介はいった。

「あんたは自分を殺そうとしている人物に、本当は心当たりがあるんじゃないのか。ただそれをいわないのは、何か別の理由があるからで……」

「君の推理か」

「あんたを殺すために雇われた連中は、そこらのチンピラヤクザじゃない。この日本で雇える中じゃ最高級のプロだ。金もかかる。おそらく一千万や二千万は貰《もら》ったろう。そこまでして殺そうとするには、何か並大抵《なみたいてい》ではない理由があるはずだ」

「なるほど。しかし、どうして君にそんなことがわかったのだ」

辺見は穏やかな茶の瞳《ひとみ》で圭介を見つめていった。

「俺が戦場で最後に人を殺したのは四年前だ。場所は——」

圭介は現在の生活を作り上げた宝石を手に入れた中央アジアの国の名をいった。

「ほう。すると君はマーシナリー（傭兵《ようへい》）だったのか」

「数は多くないが、日本にもそういった連中は何人かいる。あんたを殺すために雇われたのもそういったうちの二人だ」

「しかし君らは戦場以外では人を殺さんと聞いたが」

「ヤクザでもカタギの人間を平気で刺す奴とそうでないのがいる。それに俺は、もう除隊した」

「なるほど。それで君は、儂にどうしろというのだ」

「どうも。ただ、あんたにくっついていくだけだ」

辺見は眉《まゆ》をひそめた。

「儂のボディガードをするというのか」

「奴らは、俺の命も奪おうとした」

「撃たれ、車を傷つけられた仕返しか」

「あんたは敵を作る名人だな」

「三日前、報酬も含めてその申し出があったとき、君はそれを断わった。二日前も、河合くんを殺した犯人をつきとめるために、やってみてはどうかといったが、真っ平だと答えた。ところが今日は、自分から進んでやろうという。どういう風の吹き回しかね」

「俺たち？」

「あんたを殺そうとしている連中に対抗できるのは俺たちしかいないからだ」

「俺の昔の相棒で、あんたの愛読者だ。今は小さな酒場をやっている。俺より頼りになる男だ」

辺見は鼻を鳴らした。

「君はまったくもって興味深い男だな。今はどうやって生活しておるのだ」

「俺のことはどうでもいい。さっさと着換えて出かける仕度をするんだ」

「待ちたまえ。儂はまだ、君たちの保護を受けるとはいっておらんぞ」

「何だと……」

辺見はセンターテーブルの葉巻に手をのばした。圭介は呆気《あっけ》にとられてそれを見つめていた。

辺見は火をつけ、ゆっくりと喋《しゃべ》った。

「どうやら、君は君なりのプライドで儂のボディガードをする気になったらしい。おそらく、それともうひとつ、河合くんを殺した犯人をつきとめたいと思っておるのだろう。だが儂がこれから行く場所へは、君らは入れんのだ」

「どういう意味だ」

「一部の人間にしか、使用を許されておらん施設のようなところなのだ。まあクラブといっても良い。無論、酒場のクラブではない。そこは俗世間とは隔絶されておって、その存在を知らぬような人間の方が圧倒的に多いのだ。数年前から、儂は年に一度、そこを訪れることにしておる。そしてその場所のことは誰にも喋らぬのが、会員の義務なのだ」

「だが俺のいった連中は、そんな場所へでも、やすやすと侵入してあんたを殺すぜ」

「ふむ……」

辺見は考えこんだ。

「もし儂が君らをそこに連れて行くとしたら、儂は君らを正式にそのクラブに紹介せねばならん。その実績が君らにあるかどうかだ」

「そんなことはどうだっていい。あんたは生きのびる気があるのかないのか、どっちなんだ！」

圭介は怒りを爆発させた。

「いいか。そこがどんな楽園だか、特権階級の秘密の園だかは知らんが、あんたを殺すために殺し屋を雇った人物もそれぐらいの場所は知っているだろう。プロの傭兵をこの日本で雇う方が、そんなクラブの会員になるよりよほど難しいのだぞ」

「……君のいう通りかもしれんな」

「まして、とばっちりを食って殺された河合はどうなるんだ。あんたが殺されて犯人がわからずじまいでは、奴は永久に浮かばれないぞ」

「まったく疑問の余地はないな」

「じゃあなぜ、そのでかい尻《しり》を落ちつけているんだ。現にあんたを殺すために雇われた連中は、先回りしているんだ。どこへ行ったか知らんが、あんたを殺す気なのはまちがいのないことだ」

「その男たちは私の行き先を知っておると思うかね」

「さあな。あんたは誰かにそのことを話したか」

「向こうの人間には伝えた。部屋を用意させる必要があったのでな」

「もし、雇い主があんたの首に懸賞金をつけていたとしたらどうだ」

「…………」

「うまく尾行をする手もある。どっちにしろ、どこへ行こうとあんたは狙われるんだ」

辺見はゆっくりと頷いた。

「よかろう。君のいう通りにしよう。三人で行くというのだな」

「まずあんたと相棒に、先に行って貰う。俺は後から行く。色々と準備しなきゃならんことがあるからな」

「ほう？」

辺見は眉を上げた。

「俺は、河合を殺した容疑者のリストから外されてはいない。もし突然行方不明になったら、警察が騒ぎたてるだろう。そいつを避けたいんだ。だから、行き先を俺に教えて行ってくれ」

「クラブの人間には君たちを何といって紹介すれば良いかな」

「運転手でも、ボディガードでも、愛人でも結構、俺には興味がない」

圭介がいうと、辺見は笑みを見せた。

「それはどうかな。君も気に入ると思うがね。とにかく、行き先は教えておこう」

「待ってくれ。今、外に待たしている俺の相棒を呼ぶ」

「高松くん……」

「何だ」

辺見は咳《せき》ばらいをした。

「私は、彼と君にどれぐらい礼をすれば良いのだ。気を悪くしないでくれるなら……」

圭介はにやりと笑った。

「俺のことはいい。清水とは――それが奴の名だが――二人で決めてくれ。人の商売には口を出さない主義なんだ」

10

老人の命を狙《ねら》っているのは、最低でも三人、うち二人は完全なプロである。前川と羽澄、そして羽澄の部下で圭介を撃った村田。彼らがどういった手段でつきとめたかは知らないが、辺見のいう〝クラブ〟の存在を知っていることは確かだと、圭介は思っていた。

羽澄のような男の立場にたって考えれば、自身はなるべく東京の仕事場を離れずに殺しをやってのける方が望ましいにちがいない。しかし、バイクを使った手段で一度失敗している以上、次は何としても辺見を殺さなければならないはずだ。それには、辺見の移動に従って東京を離れることもやむを得ない。

そして、辺見のいう「俗世間から隔絶された」場所ならば、殺しもさほどやりづらくはないにちがいない。ただし、東京ではないからには身につけた技術をフルに使ってしかけてくる——こちらも単に、待っていて守るだけではすまないわけだ。

圭介は六本木でタクシーを降りると、駐車しておいたアストンマーチンに乗りこんだ。

圭介自身は東京を離れるのはいっこうに構わない。問題は佐伯の動きだ。今のところ尾行がついている様子はないが、圭介に目をつけていることは確かである。突然彼が姿を消せば、杉田はそれ見たことかと佐伯を突つくだろう。そうなれば、「重要参考人」

として手配などということになりかねない。

ゆっくりと車を走らせながら、圭介は考えた。南麻布の自宅に着いたのは午後八時前だった。

「ＡＸ」はしばらく臨時休業ということになるだろう。清水は、辺見を乗せて「ＡＸ」に向かい、自分の仕度を整えた上で出発する手筈《てはず》になっていた。辺見の仕度――シャワーを浴びて着替えをするといった手間を嫌った圭介は、先に豪徳寺を出てきたのだ。

注意して自宅の周囲をうかがい、圭介はギャレージに車をしまった。昨夜は、狙われているのが自分かもしれないという懸念があった。今夜は、確実に辺見を狙う人間を敵に回したという、事実によってだ。羽澄はすでに、自分の事務所が襲撃を受けたことを知っているかもしれない。

圭介は居間に入ると、小さなスタンドだけを点《とも》し、テーブルに腰かけた。佐伯と杉田の対策を考えなくてはならない。圭介が清水より先に豪徳寺を出たのには、もうひとつ理由があった。今夜あたり、佐伯が再びふらりと現われそうな気がしたのだ。

両手を組み、脚をのばした姿勢で、圭介は動かなかった。三日前に始まった出来事をゆっくり頭で辿《たど》る。

辺見が、自分を狙う人物に心当たりを持っているのは確かだ。しかし容易なことではその人物の名を吐きそうにない。圭介が辺見のボディガードを買って出たのは、それを訊《き》き出すためもあった。

　圭介は、河合の葬儀の日、合掌して瞑目《めいもく》する老人の姿を見ていた。あの爺《じい》さんは心の裡《うち》に何か重たいものを持っている。

　そう確信したのだ。

　それが何であるかを知るためには、老人と今後の活動を共にしなければならない。事実を探り出すこと、そしてもうひとつは、引退して以来つねに圭介につきまとって離れない、退屈の虫を晴らすためでもあった。

　命は惜しい、しかし毎日を、ひと粒ひと粒擂《す》り粉木《こぎ》で碾《ひ》かれる胡麻《ごま》のように生きるのは御免だった。相手は戦地で人を殺すように、平和な街でも暴力をふるえる人間である。こちらも遠慮なく叩《たた》き潰《つぶ》すことができるわけだ。

　決して河合を殺されたことに対する復讐《ふくしゅう》ではない。第一、河合を殺したのが羽澄や前川であるとは決まっていない。無論、機会があれば、圭介は彼らからじっくり訊き出すつもりだった。

　やるか、圭介は目を瞠《みひら》いた。

　電話が鳴った。

　圭介は顎《あご》を引いた。突然の音に対する唯一の反応だった。

　清水からだろう、そう思って受話器を取った。

「……高松か」

低く、かすれた男の声だった。

「そうだ。あんたは」

「今日、俺《おれ》の社で暴れてくれたそうだな」

「羽澄か。いったい何だ、苦情をいいたくてかけてきたのか」

「清水もそこにいるのか」

「どうかな」

用心深く圭介は答えた。

「まあいい。どうやら河のこっちと向こうに立ったようだな俺たちは」

「心当たりがあるんだな」

「清水もお前もまんざら知らんわけじゃない。だがお前たちは利口とはいえんぞ」

「説教をしたくてかけてきたのか」

「威勢がいいな」

「昨日の礼をいいたかったのさ」

「何のことだ」

「とぼけるなよ、俺の車を台無しにしてくれたじゃないか」

「代わりに俺の部下の脚を台無しにしたろう。手をひくなら今のうちだ。さっきもいったように知らない仲じゃない。清水と相談してみろ、今ならおあいこですむ」

「子供の喧嘩《けんか》だな、まるで」

「後悔するのはそっちだぞ」

「知りあいのよしみで教えてくれ、誰に雇われた」

「次に会った時に教えてやろう、お前が死ぬ時だ」

「河合を殺したのは貴様らか」

「知らんな、河合というのは誰だ」

声には何の抑揚もなかった。

「俺の知りあいだよ」

「ほう。殺されたのか、気の毒に。だが手をひかなければあの世とやらで旧交を暖める機会に恵まれるぞ」

「えらく自信があるんだな」

「歩《ふ》だけで王将を守っているようなもんだ」

「そっちは飛車《ひしゃ》か？　悪いが将棋は好きじゃない」

「わかった。後悔するんだな」

「将棋を習わなかったことをか」

羽澄は答えなかった。電話が切れた。

圭介は息を吐き出して、受話器をおろした。宣戦布告というわけだ。前哨戦《ぜんしょうせん》がすでに始まっているにもかかわらず、律義なことだ。

だが確かに俺は歩で、奴《やっ》らは飛車かもしれない、圭介は思った。だからこそ守るだけでは駄目なのだ。待ちうけずに打って出る。そして金《きん》に成《な》るのだ。

再び電話が鳴った。

「佐伯です、御在宅かどうかうかがっておこうと思いましてね」

「新しい証拠でも摑《つか》んだのか」

「色々と面白いことがわかりました。これからうかがってもよろしいですか」

「待ってる」

「では十五分後に、今お宅の近くの署におりますから……」

勘は悪くない。佐伯の出を読んだのだ。この調子で冴《さ》えてくれれば、羽澄たちを出しぬくのもそれほど難しくはないだろう。

圭介はかすかな笑みを浮かべた。

シャワーをさっと浴び、コーヒーを沸かしているところに佐伯は現われた。ベージュのウインドウペインのジャケットに茶のスラックスを着けている。なかなかの洒落者《しゃれもの》だ。

今夜も杉田は一緒ではなかった。

「今コーヒーを沸かしている」

「ありがたい。私は運がいいのかな」

戸口で迎えた圭介に佐伯は笑みを見せた。口元に寄った皺《しわ》に、圭介は疲れを見取った。

「少し疲れているようだな」

「そう見えますか。そんなはずはないのだが……」

言葉を切って刑事は首を振った。

「要するに年なんですな」

答えずに圭介はスリッパを出し、二人は一昨日のようにダイニングで向かいあった。

「収穫はあったかい」

すぐには答えず、佐伯は煙草《タバコ》をくわえた。

「もう一度、当夜の河合さんの足取りを洗い直しています」

「令状を取る気になってきたか」

「まだまだ。思うんですよ……」

いって佐伯はうまそうにコーヒーをひと口すすった。

「私が高松さんを絞るとしたら、どちらかの場合しかない、と。ひとつはあなたが犯人であるという確実な証拠を握ったとき、もうひとつは手詰まりになって他に誰も容疑者を挙げられなかったときだ。それは事実上の敗北だ。今負けを認めるのは私の意地が許さんのです。申しあげたように、私はゆっくりじっくりの性分なんです」

「爺さんを脅迫しているのが何者だかはわかったか」

「いっこうに。今日、お会いしようと思ってお電話を差しあげたのですが、しばらくは忙しいから駄目だとおっしゃられましてな」

「あの晩、河合がどうやってこの家の前まで来たか調べたか」

「タクシー会社を当たらせていますが、はかばかしくありませんな」

「河合の女関係はどうだ」

「色々と調べていますが、あまり他人に私生活のことを話すタイプの方ではなかったようですな。奥さんにも家の外のことは話していなかったようです」

「いよいよ流しの強盗か」

「故買屋に情報は送ってありますがね」

気がなさそうに佐伯はいった。強盗説をまったく信じてはいないようだ。

「警官を長くやっていますとね、事件に関《かか》わっている人と会うだけで、ある種、その事件のタイプのようなものがわかるときがあるんです。新聞記事の言葉を使えば、痴情だの怨恨《えんこん》だのといった――。しかし今回はあてはまるものが何もありませんな。第一、高松さんや辺見先生など、私が今まで一度も会ったことのないタイプの方たちだ」

「そうかね」

「普通、殺人事件があったとき、心にやましいものがある人もない人も、大体ふた通りの態度を我々に示します。大ざっぱに分けてですが。ひとつは、とても熱心に、進んで協力してくれるタイプ。もうひとつは関わりになるのを嫌い、ときにはあからさまに我々を避けようとするタイプです。自然に振舞う、ということがなかなかできないのですな。どこかぎくしゃくしてしまう。警察官であっても、当事者になればそれは同じことかもしれません」

「テレビで色々と研究し、慣れているものと思っていたよ、大衆は」

「刑事は事件に接するとき、ドラマの登場人物ほど熱心じゃありませんからね。正義感を瞳《ひとみ》で燃やしている人間なんて刑事にはいませんよ。なぜなら、我々にとってはこれは仕事であり、仕事ってやつは、どんな人でもいつも楽しくやるというわけにはゆきませんからな。

　いや、仕事ってのはどんなものでも楽しくないものかもしれない」

「杉田刑事はどうなんだ。燃えていたようだが」

　圭介がいうと、佐伯は苦笑した。

「確かに彼は珍しいタイプですな」

「あんたもそうじゃないかな、佐伯さん。刑事てのはお喋《しゃべ》りじゃないと思っていたよ」

「おっしゃる通りです」

　認めておいて、佐伯は改まった。

「ですが、高松さんも私がこれまで色んな事件で関わった人たちとまったく違うところがあります。自然なんですよ」

「演技かもしれない」

　圭介は煙草を持つ手を、わざと震わせてみせた。

「ちがいます」

　佐伯はきっぱりといった。

「人が死ぬ——それも殺されるということは明らかに不自然な状態です。物語の筋立ての中では慣れていても、それに直面すれば人は動揺するものです。そこにあるのは、普通の人にとってはあたり前の状態、つまり息をしたり、食事をしたり、お喋りをしたりすることへの真っ向からの否定なんです。ましてその否定が見ず知らずの他人ではなく、知人に対して行われたものであればなおさらです」

「心理学をやったのか」

「警察は文明の象徴でもあるんです」

　佐伯はいって微笑《ほほえ》んだ。

「文明が進んだ国であればあるほど、警官はよく勉強をしています。しなければならんのですな。なぜなら、文明が進んでいる国は政治基盤がしっかりしている。政治基盤がしっかりしているということは、それだけ体制の権力が強いわけです。その体制を維持しているのは我々警察官です。警官の仕事というのは、元をただせば泥棒や人殺しを摑まえることではありません。お上《かみ》に盾つく者をひっとらえることです。

法というのは体制を維持してゆくためのきめ事であって、たまたまその中に、窃盗や殺人をした者は罰すると書いてあるにすぎないのです。ですから警官は権力者を擁護する立場にあるわけです。最大の組織である国家がそういう人間に勉強をさせぬはずはないでしょう」

「あんたはずいぶん冷静に自分を見ているようだな」

「どうですか。ですが仕事を正義のためだなどと思いこんでいる警官は、ある部分秘密警察のゲシュタポタイプより始末が悪いですな」

「あんたがそいつをいうと迫力がある」

佐伯は照れ臭そうな笑みを見せた。

「ところで高松さん、あなたはお友達である河合さんの、それも殺された死体を見つけたにもかかわらずひどく落ちついてらした。つまり無理に興奮をおさえこんでいるといった状態でもなかった。あなたは実に自然に河合さんの死を受け入れていたんです」

「じゃあ俺が慌《あわ》てふためいていたらどうだった？」

「不自然だったでしょうな」

「何がいいたい」

「あなたは死が、それも殺人が自然である環境にいた。ちがいますか」

圭介は瞬《まばた》きもしなかった。佐伯はそんな圭介の様子を探ろうともせず続けた。まるで確信を抱いているかのような様子だった。

「殺人が自然である環境とはいったいどんなものか、これは難しい。死体を見慣れているというのであれば、医者だとか葬儀屋とかいった職業がある。しかし殺人となるとそうはいかない。せいぜい私らのように殺しを捜査する警官ぐらいのものです。だがあなたは警官じゃない」

「…………」

「すると何なのか。元警官という可能性もある。私は調べました。しかしあなたに該当する退職警官は日本にはいません」

「制服は好きじゃないんだ」

佐伯の口元の笑みが広がった。

「殺人に親しむ職業で制服を着るものがもうひとつあります」

「軍人か」

「外務省に問いあわせました。今はコンピューターのお陰でお名前さえわかればすぐに資料を手に入れることができるんです。高松さんのパスポートはずいぶんと使われていますな。外国での長期滞在ヴィザをおとりになったのも一度や二度じゃない。初めてお会いした晩に、世界中あちこちを放浪してらしたというお話をうかがったがそれは本当だったわけです。いやもちろん、一度たりとも疑ったことはありませんでしたが」

「俺が外国で軍人をしていたというのか」

「その可能性もあるわけです。ボディガードとしてはうってつけだ」

「なるほど」

「認める気持はありますか」

「いいや」

圭介は首を振ってみせた。

「そうですか。私としてもこれ以上この問題を調べるのは難しいのです。けれども、もし高松さんが以前軍人をしていらしたとしたら、河合さんを殺した手口はひどく稚拙なものといわざるを得ませんな」

「頭がいいんだな。認めれば、元軍人だからこそわざと稚拙な手段を使ったかもしれないということになる。認めなければ、充分あんな手口でもやってのける可能性がある人物になるわけだ」

「言葉の罠《わな》をしかけたわけではありません」

「どうかな」

「そんな段階ではありません」

真面目《まじめ》な口調で佐伯はいった。

圭介がくわえた煙草に火をさし出し、自分のにも火をつける。

「爺さんを脅迫している人間を割り出す手がかりは何もないのかい」

「外側から攻めているのです。辺見先生とつきあいのあった出版社の方々に訊いて。しかし、殺したいと思うほどの人間となるとなかなか。ああいった編集者の方々は皆さん理性的ですからな、人殺しなどという野蛮な手段に訴えるような人物には心当たりがないのです」

「なぜ俺の家の前で殺したのだろう」

「最も考えられる理由は、河合さんがひとりだったからです。盛り場からタクシーでお宅の前まで乗りつけたとすれば、ひとりになる機会は少なかったに違いありません」

「あの晩じゃなけりゃいけなかったのか」

「さあ。だとすれば河合さんの個人的な問題に関わっているはずです」

「爺さんに見張りはつけなかったのか」

佐伯は微笑んだ。答えない。

清水のことだ、尾行がついたとしてもうまくまくはずだ。圭介は思った。

「いえ、つけてはいません。私らが調べているのは殺人で、脅迫ではありませんからね」

佐伯がゆっくり答えた。圭介の反応をうかがっていたようだ。

「あんたの部下が苛立《いらだ》つのがわかるような気がするよ」

佐伯は頭を振ってみせた。

「さ、そろそろお暇《いとま》します。今度は食事か酒でもいかがですか。ただしそういう場合はワリカンということになりますが。少なくとも奢《おご》っていただくわけにはゆかんので」

「あんたは本当に変わった刑事だな」

「自分でもときどき困るんですよ。興味深い人物にお会いしますとね、つい立ち入ってしまうんです。仕事を忘れて」

「作家に向いているかもしれん」

「探偵小説だけは書きたくありませんな」

立ち上がり、玄関まで送った。佐伯が靴に足を通すのを見守りながら圭介はいった。

「もし俺がいなくなったらどうする？」

佐伯は中腰で圭介を見上げた。面《おもて》には何の表情もうかんではいなかった。

「警官は私ひとりではありませんからね。さしずめ杉田くんなどは行き先に大変、興味を感じるでしょうな。御旅行の予定でも……？」

「いや、聞いてみただけだ」

圭介は答えた。

11

　まだ秋もそのとば口だが、日本列島の背骨に近づくと空気の感触は、東京とかなりちがっていた。

　淡いグレイのスーツにネクタイをしめ、片手に小さなバッグをさげた姿で、圭介が中央本線の駅に降りたったのは翌日の午後も遅くなってからだった。

　改札口を出ると、スラックスの膝《ひざ》が皺《しわ》になっているのを、圭介は不快そうに見つめた。まったく、愉快な旅ではなかった。車でまっすぐ現地に向かった清水や辺見とちがい、圭介は尾行に警戒しながら東京を出てきたのだ。鉄道とタクシーを使いわけ、昨夜来一日、乗り物にのりづめだった。

　小さな木造駅舎前のロータリーを、圭介は渋い目で見渡した。小型のタクシーが数台と尻《しり》の重そうな乗合バスが止まっている。ロータリーの左右には畑が広がっていた。正面の、小さな町並みに続く道路の街路樹の葉は色をかえはじめている。すでに冬服に衣替えをした中学生の一団が、背後の改札口から吐き出された。ローカル線がおろしていったのだ。

　圭介は立喰《たちぐ》いソバのカウンター脇《わき》にある公衆電話に歩み寄った。

　およそ百キロ以上先の別荘地の他には、洒落《しやれ》た施設など縁のなさそうな田舎町である。

硬貨を落とすと、老人に教えられていた番号をダイヤルする。

「……はいタチバナカントリークラブです」

低い男の声が答えた。かすかに訛《なまり》がある。

「こちらは東京の高松という者だ。そちらの会員の辺見さんの紹介をうけたのだが……」

「お待ち下さい」

受話器がオルゴール台の上におかれた。圭介は「シェーン」のテーマ曲を聞かされる羽目になった。

「遥《はる》かなる山の呼び声」まったく馬鹿げている。

煙草《タバコ》をくわえ、火をつけた。疲労感はさほどないにもかかわらず、ひどくまずかった。

二服すると、下に落とし踏みにじった。

「……今、どちらにおられますか」

声が戻ってきた。圭介は背後の駅名をいった。

「承知いたしました。一時間ほどで、グレイのライトバンがお迎えに参ります」

わかった、と答えた圭介は電話を切った。

素通しのガラスをはめこんだ待合室に入ると、木のベンチに腰をおろし脚を組んだ。

都会の匂《にお》いを嗅《か》ぎつけたように、話しこんでいた先客、二人の老婆が圭介の全身を睨《ね》め回した。町中に出かけていったところで他所者《よそもの》は目立つに決まっている。なまじ移動して、注目の足跡をひきずるよりは、一ヵ所にじっとしていた方が良いと判断したのだ。

思いつき、立ち上がるとキオスクの売店に歩みよった。小さな箱型の店内に中年の女がひとりかけ、どこにでもあるような名物饅頭《まんじゅう》や、煙草、新聞と併《あわ》せて、文庫本を売っている。小さな棚に、圭介は辺見の「陰《かげ》の間《はざま》」を見出《みいだ》した。松本清張《まつもとせいちょう》の推理小説と並び、ロングセラーになっているのだ。隅の方には、自分の書いたノンフィクションもあった。受賞したデビュー作をおさめた第一作品集である。文庫になったのが先月早々であることを圭介は思い出した。

「陰の間」とローカル紙を買い、圭介はベンチに戻った。辺見の作品は前に一度読んでいるが、ここで再読してみるのも悪くはないと思ったのだ。

圭介はまず文庫の巻末を開いた。現在では最長老になる文芸評論家が解説を書いている。

「この作品は昭和二十七年、文芸公論八月号から翌年二月号まで、七ヵ月間にわたり連載されたものである」

解説はその書き出しで始まっていた。圭介はハイライトに火をつけた。さっきよりはひどい味がしなくなっていた。

「翌、昭和二十八年に文映社より刊行されたが雑誌連載当時から話題を呼んでいたこともあり、当時としては記録的なベストセラーとなった。

満州《まんしゅう》で終戦を迎え、捕虜としてシベリアに送られた一人の兵士がやがてスパイとしての洗脳、訓練を受ける。復員した後、彼は工作員としての活動を始めるが、数々の障碍《しょうがい》が彼の前に立ちはだかる。占領軍の執拗《しつよう》なマーク、調査をかいくぐり、危機を生きのびること数度。主人公、松井直吉はやがて成功への階段を昇りはじめる。しかし、社会的な成功は必ずしも松井の幸福を意味しなかった。

辺見俊悟は発表当時四十一歳、造船会社に勤める一介のサラリーマン——単に同人誌に参加している程度の文芸活動しかしていなかった——であった彼に、なぜこれほどの作品が書けたのか。発表当時、モデル問題から始まった世論の騒ぎぶりは、ついに米・ソ諜報《ちょうほう》機関の謀略説にまで発展した。時あたかも『キャノン機関』の跳梁《ちょうりょう》ぶりや『幻兵団』の暴露記事がマスコミをにぎわせていた昭和二十七年、日本の占領政治が形の上では終わりを告げ、血のメーデー事件が起きた年でもあった。

この一作により、遅いといえなくもないデビューを飾った辺見俊悟は一躍、マスコミの寵児《ちょうじ》となった。しかし辺見俊悟が単なる話題性のみを追求してこの作品を書きあげたのではないことは、お読みになった方には理解できたものと思う。松井直吉は一個の人間として、政治、思想の板ばさみに、あるいは使命、家庭の板ばさみに苦悩する。そうしてついには、松井個人の倫理観ともいうべきものにまで到達し生きのびてゆく。

この作品の結末は決して悲劇的ではない。松井は破滅することもなく、精一杯知恵を絞りながら、東西両陣営の間《はざま》を弥次郎兵衛《やじろべえ》の如《ごと》く生き抜いてゆく。そしてそうすることが、自分や愛する家族にとっても幸福につながると信ずるのだ。そのためなら、俺《おれ》はいかようにも冷酷になってみせる、松井直吉は終章においてそう決意するほどに至る。それはやがて彼自身が、一個の怪物として変身してゆくかのような印象を与える。

松井直吉にはモデルがいるのではないか、とマスコミが疑ったのも無理からぬことであった。それほどに、松井の苦悩ぶり、あるいは社会の階段を一歩一歩昇りつめてゆく、彼の変化にはリアリティがあったのである。

しかし、このモデル問題には終止符がうたれた。昭和二十八年に、単行本として刊行される際、今までモデル問題について沈黙を守ってきた辺見俊悟自らが、モデルはいない、あくまでも創作であると断言したのである。

そのことは辺見俊悟のなみならぬ、作家としての力量の証《あか》しでもあった。彼はその後も、文壇におけるユニークな立場をかえることなく、決して多くはないが確実に評価するに足る、作品群を世に送り出している」

『ユニークな立場』。解説を書いた評論家もかなり苦労しているようだ。辺見俊悟の文壇嫌いはつとに有名である。そのことによって、むしろ読者の信頼を得ている節もなくはない。

だがそれがすべて辺見の真意であるとは、圭介には思えなかった。あの食えない爺《じい》さんは自分を印象づけるポーズとしてだってそういう態度をとりかねない。無論、それだけと片付けるには気骨がありすぎるが。

圭介は文庫を傍《かたわ》らにおき、新聞を広げた。興味を惹《ひ》く出来事はどこにも起こってはいなかった。いずれはとりかからねばならぬ次の原稿のことが頭をかすめた。

東京に帰ってからでも間に合うはずだ。資料は揃《そろ》っている。

ロータリーの方角で短いクラクションが鳴った。のびあがると、グレイのワゴンが停車している。圭介は立ち上がり、文庫をバッグにしまった。新聞はベンチに置きざりにする。

待合室を出ていくと紺のブレザーを着た男が車から降りたった。三十四、五だろう。清潔で洗練された物腰を備えている。陽に焼けた長身は均整がとれていた。

名前を確認する相手の問いに圭介が頷《うなず》くと男は白い歯を見せた。

「お待たせしました。これからお連れします、楽しい御滞在になりますよ」

男の名は高橋といった。高橋は巧みにハンドルを操《あやつ》って、車を片側一車線の国道にのせた。

「辺見先生から私どものクラブのことはお聞きですか」

前方に目を向けたまま、高橋は訊《たず》ねた。控え目な口調だった。

「あまり聞いちゃいない。何かとても楽しいという話だけで」

「そうですね。何を楽しまれるか、ということで変わってはきますが……」

いってちらりと助手席の圭介に目を走らせた。

「高松さまはスポーツはお好きですか」

「そういえばタチバナカントリーと電話ではいっていたが」

「クラブの代表電話というものはないのです。訝《いぶか》しく思われたでしょうが、お許し下さい。ゴルフ場もありますが、すべてではありません。しかし一応、社会的には純会員制のゴルフクラブということになっています」

「他には何ができる」

「テニス、水泳、乗馬、スカッシュ、ゲートボール、そしてもう少したてばスキーが」

「でかい体育館のような所なんだな」

「それだけではありません」

「……？」

圭介は高橋の横顔を見つめた。しかし、高橋は微笑をうかべただけだった。

車は小さな町を通り抜け、国道を折れた。やがて林道に近いような悪路となった。

「申しわけありませんが、少しの間、辛抱を願います」

圭介はその頃には自分がどこらあたりを走っているのか見当もつかなくなっていた。ただ、勾配《こうばい》のある山道を昇りつづけ、不意に鼓膜が気圧の変化に不平を唱えた。

高橋がヒーターのスイッチを入れた。確かに空気が冷んやりとしてきている。

悪路が途切れ舗装されたアスファルト道路に変わった。このあたりでは珍しいはずだが、どこにも国道や県道の標識は立っていない。

田畑も姿を消し、両側は濃い森林と崖《がけ》である。三十分以上、その道を走ると高橋は車を止めた。車を降りて、路肩に歩み寄る。

左側の森に切れ目があった。ただし、その小さな林道の入口にはチェーンが張られている。

「私有林、立入禁止」

そう記されたプラカードが下がっていた。

高橋は上衣《うわぎ》から取り出したキイでチェーンを結ぶ南京錠《ナンキンじょう》を外した。鎖をたるませその上を車で通過する。

再び停止して、南京錠をかけ直した。そのドアの開閉で、圭介は濃い樹木の匂いと冷えた空気を嗅いだ。

「失礼しました」

いっておいて高橋は車を進めた。両側の木立ちは深く、その細い道を辿《たど》るにはヘッドライトが必要だった。道は急なカーブを描いた。その先にあるのは小さなトンネルだった。

高橋はトンネル内に車を入れると停車した。

「えらく厳重だな」

さして長くもないはずのトンネルの行く手が真っ暗なのを見通して圭介はいった。

「ハイカーやアベックが誤って迷いこまないとも限りませんから……」

圭介はフロントグラスから頭上を見上げた。ゆっくりと動くものがある。おぼろげな輪郭から、それがモニターカメラだと知った。高橋が車内灯を点《とも》した。カメラのレンズが二人を見つめた。

トンネルの行く手が開けた。車は動き出した。どうやらスティール製の巨大な扉がトンネルの出口を被《おお》っているようだ。そしてそれは電動で開閉するようだった。それだけの電力をどこからひいているのだろうか。もし供給を外から受けているのだとすれば、存在を秘匿するのは難しいはずだ。

圭介は思った。

トンネルを出ると道は左にカーブし、再び舗装路となった。下り坂が続き、鼓膜が元に戻ってゆく。どうやら、周囲を山に閉ざされた小さな盆地があるようだ。曲がりくねった下り坂の最後のカーブを曲がると、眼前にそれが開けた。

左手に広大なゴルフ場、右手に一連の建物群がある。ひときわ大きな白い建物に、高橋は車を進めた。それはどう見ても豪奢《ごうしゃ》な雰囲気を備えたホテルだった。十階はある。それぞれの部屋にバルコニーがつき、窓ガラスが赤い落日を反射していた。

近づくにつれ、中心に観葉樹を植えこんだ玄関ロータリーと、建物右手の美しい芝をはった庭園が見えてきた。デッキチェアやテーブルが並び、すわる人影もある。その向こうにテニスコート、プールもあった。

すべてが整然とし、美しく、そして穏やかな空気で満たされている。テニスコートでひるがえる白いウエアからは華やかな嬌声《きようせい》まで聞こえてくるかのような錯覚をおぼえた。

しかも信じられぬことに空気は暖かだった。窓をおろしてそれらを眺めていた圭介はそのことに驚かされた。しかし、テニスコートの奥、ホテルから五百メートル以上離れた地点に建ち並ぶ、銀色のドーム状の建物に気づいたとき、その疑問が解けた。

太陽光を効果的に反射させ、暖かな空気をこの小さな〝町〟に送りこんでいるのだ。エネルギーをすべてソーラーでまかなっているとは思えないが、無駄にしていないことは確かだ。

「電気はどうしているんだ」

圭介は訊ねた。ホテルの玄関に車が止まると、ロビーに吊《つ》られた豪華なシャンデリアが見えた。

「小規模ですが、発電所を備えているのです」

はにかむように高橋はいった。

「たまげたね」

圭介は呟《つぶや》いた。高橋は微笑するといった。

「さあ、到着です。こちらへどうぞ……」

ロビーには明るいグレイのカーペットがしきつめられ、照明がほどほどに落とされている。高橋と同じように紺のブレザーを着こんだ若い女が三人、中央の柱によりそうようにして立っていた。

普通のホテルとちがうのは、ベルボーイらしい制服の姿が見えないことである。

「いらっしゃいませ」

女のうちのひとりが進み出ていった。髪の短い、瞳《ひとみ》の大きな娘だ。年齢は二十一、二だろう。

「辺見様のお連れの高松様です」

高橋はいって、右手奥のフロントカウンターに大股《おおまた》で歩み寄った。そこに立つ制服の男に話しかけ、キイを手に戻ってくる。

「お荷物をどうぞ」

娘が手をさし出した。

「いや、大丈夫だ」

娘は頷《うなず》き、高橋からキイを受け取った。

「高松様のお向かい、八〇七号が辺見様、お隣の八一二号が清水様のお部屋でございます」

高橋はいって会釈すると踵《きびす》を返した。

娘が先にたって、二基あるエレベーターの片方に乗りこんだ。

「クラブへのお越しは初めてでしょうか」

エレベーターの扉が閉まり、上昇を始めると娘が訊ねた。

「そうだ」

「私は鮎川と申します。御滞在中のガイドをつとめさせていただきます。もし私に御不満の点がございましたらフロントまでお申しつけ下さい」

「ガイド？」

「はい。お食事のお世話からテニス、ゴルフの御相手まで何でもお申しつけ下さい」

「それ以外の御相手はどうするんだ」

鮎川と名乗った娘は瞬《まばた》きもせずに答えた。

「御希望ならうけたまわります。他にも地下一階にございますディスコ『アケローン』にガールズがおります。そちらにもお寄り下さい」

「ここの滞在客には全員、君のようなガイドがつくのか」

「はい。男性を御希望の方にはボーイズもおります」

エレベーターが八階に到着し、扉が開いた。静かな廊下がのびている。

「君に不満はないよ、だがひとりでいたいと思ったらどうすればいい？」

娘の頰《ほお》がかすかに紅潮した。

「そのようにおっしゃっていただければ結構です」

「わかった。では部屋に着いたら、ひとりにしてくれないか」

「承知しました」

無表情に彼女はいった。部屋の前に到着すると、キイを使い扉を押し開いた。

「御用の節は内線の八番をお回し下さい」

「ありがとう」

部屋の中は乾きすぎてもおらず、良い趣味だった。ダブルのベッドに、ホームバーを備えた冷蔵庫、ライティングテーブルに応接セット、壁の絵にいたるまでグリーンを基調にアレンジされている。

圭介はバッグを置き、冷蔵庫から缶ビールを取り出した。

入って正面の窓にかかったカーテンをはぐると眼下にゴルフ場のグリーンが見える。男女二組がパットを行おうとしていた。中年らしい、腹のつき出た男が先《ま》ず打ち、しくじった。続いて女が打つ、球がカップに吸いこまれると男たちは口惜《くや》しそうに何事か叫んだ。

カーテンを閉じた。ドアにノックする者があった。圭介は歩みより、のぞき穴に目をあてた。

ドアを開くと、薄い笑みを浮かべた清水が入りこんだ。

「ガイドはどうしました」

「帰した」

軽く頷く。

「爺さんはどうしてる」

「部屋にいますよ、原稿用紙と首っぴきです」

「道中、変わったことは？」

清水は首をふった。

「高松さんは？」

「家を出る前に羽澄から電話があった」

清水の口元から弱い笑みが消えた。

「何と？」

「手をひく気はないかと」

「金を払ってもいいようなことはいいませんでしたか」

「いわなかった」

「じゃあ本気じゃない。連中はどっちにしても勝てると思っているんだ」

「自信はあったようだな。歩《ふ》だけで王将を守っているようなもんだ、といってた」

「たいして外れちゃいませんね」

「ここはどうだい」

「来たばかりですが……。遊びに来るんであれば最高でしょう。女もいるし、好きなことができる」

「ガードしやすいかい」

「何ともいえませんね。このクラブ自体は、会員ではない人間が絶対侵入できないようなバリケードをはりめぐらせています。何しろ乱痴気をやっているメンバーの中には相当の顔ぶれが混じっていますからね。マスコミに対しては警戒しているでしょう。といって、私やあなたには従業員や会員の顔が見分けられるわけじゃない。羽澄たちが、そういったのを装《よそお》ってやってくればお手上げです」

「羽澄の顔は見分けられるとして他はどうだい」

清水にソファを勧め、圭介はベッドに尻をのせた。清水は腰をおろすと煙草に火をつけた。紺のトレーナーにジーンズをはいている。トレーナーはだっぷりとして大きかった。その下に何かを隠していても外からでは見分けがつかない。

「前川はずっと以前に一度見たことがあるきりです。中背で痩《や》せた感じでした。どことって目立つ特徴はありません」

「あとは羽澄の手下で村田か、こいつについては顔もわからない。他にもスタッフをかき集めたかな、羽澄は」

清水は首を振った。

「高松さんにかけてきた電話の様子じゃ、チームのイニシアティブは羽澄がとっているようですが、奴《やつ》としては目立たずに仕事をやってのけたいのならスタッフの人数を最小限に抑えるはずです」

「とすると、相手は三人か」

「わかっている限りでは」

「得物《えもの》は何か持ってきたかい」

圭介は訊ねた。清水はトレーナーの裾《すそ》をまくりあげた。贅肉《ぜいにく》のまったくない平べったい腹とジーンズの間に、大きなオートマティックのグリップが見えた。

「ブローニングのハイパワーですがね、まずいことにサイレンサーを忘れてきてしまったんですよ」

清水は悲しげにいった。

「ぶっ放すときは最後だな」

「そういうことです。高松さんは？」

圭介はウエストに吊るしたナイフを見せた。

「これだけさ」

「そっちの方が役に立つでしょう」

「爺さんのところへ行ってみよう」

二人で部屋を出ると、辺見の部屋の扉を圭介はノックした。

「誰だね」

唸《うな》るような応答があり圭介は名を告げた。足音が近づき、チェーンロックが解かれるとドアが開いた。

「ずいぶん遅かったな」

圭介を見つめてスウェットスーツを着た老人はいった。それには答えず、圭介は部屋の中に踏みこんだ。

窓にはカーテンがかかり西陽を遮っている。圭介の部屋の倍はある室内は、中央に大きな座卓がすえられ、他の家具を隅に押しやっていた。

ベッドの上に衣類が、机の上には紙の束が散乱している。

「執筆中を邪魔したかな」

「心にもないことをいうもんじゃない。それより何か飲むかね」

「けっこうだ」

清水が窓よりに立つと、辺見は巨体を机の前に戻した。圭介はライティングテーブルの椅子に馬乗りになった。

「ここにどのくらい居すわるつもりなんだ」

辺見はのびあがるようにして机上の葉巻を取り上げた。

「書きあげるまでだ」

「どれぐらいかかる？」

入念に葉巻に火をつけると、辺見は太い煙を吐き出した。

「わからんな、一週間あるいはひと月……」

圭介は首を振った。

「その間、ずっとここに閉じこもって仕事をするのか」

「馬鹿なことをいってはいかん。そんなことなら、何もここまで来る必要はないだろうが……」

「いったいここはどういう所なんだ」

「いったはずだ。会員制のクラブだと」

「女が付いて、スポーツか」

「若い者はどこにおろうと、人目をはばからず羽目を外すことができる。しかし今のようにジャーナリズムが発達した時代には、年をとり相応の地位にある人間がそれを忘れて好きなことだけをするのは難しい。ここはそんな年寄りたちのための慰安所だ」

「そう年寄りばかりでもないようだが……？」

「日本という国はおかしなところだ。重責のある地位につけば、若い者でも年寄りらしくふるまわねばならん。そうしているうちに本当の年寄りになってしまう」

「ここにやって来て若さをとり戻そうってわけか」

「君のような若い人間にはナンセンスに思えるだろうがな」

「あんたにしちゃ気弱なセリフだな」

　辺見は圭介をにらんだ。

「いっておくが、儂《わし》は若者を馬鹿呼ばわりもしなければ蔑《さげす》んだこともない。愚かな人間は若者の中にも年寄りの中にもいる。若い人間を未熟だの何だのといって軽んずるのは、それこそ愚か者のすることだ。といって年寄りを一方的に役立たずと決めつけるのもまた、同様だ」

「あんたの頭がボケちゃいないことは、その口のききようを聞いてりゃわかるさ」

うんざりしたように圭介は切り返した。

「だがこっちの気になるのは、まず、連中がどうやってあんたの首をとりにくるのかということ。もうひとつは、奴らの雇い主がどうしてあんたを殺したがっているか、ということさ」

「それについては答えたはずだが……？　儂には心当たりはない」

「あんたはまだ本物の危機感を感じてないからさ。一度でも鉛玉を喰らって、運良く生きのびることができりゃ必死になって考えるはずさ」

辺見は瞬きもせずに圭介を見つめた。老人が感情を押し殺そうとしているのが圭介にもわかった。

「いいか、もし、もしだ、これも運良くあんたを殺しにきた連中から俺たちがあんたを守り通せたとしよう。あるいはそいつらを俺たちがやっつけたとしても——意味はわかるな？　雇い主はまた次の殺し屋を雇うだけだ。俺たちは一生かかってあんたを守るつもりなんかないんだ。確実なのは根元を叩《たた》くことなんだ、あんたを殺したがっている本当の人物をな。

俺はそいつを知るために来たんだ」

辺見は冷静になっていった。

「だったら東京に帰ることだ。まったくの徒労だ、高松くん」

圭介は大きく息を吸いこんだ。そして怒りをこらえると清水にいった。

「爺さんにはりついててくれ、今度から俺がこの部屋に来るときは前もって電話を入れる。それ以外はドアを開けないこと」

清水は無言で頷いた。二人のやりとりには何の表情も示さない。

圭介は尊大な態度をとりつづける老人に向き直った。

「いいか。俺がここに来ているのは、あんたに雇われたからじゃない。俺は、俺の車に弾丸を撃ちこんだ奴と、俺の家の前で殺人を犯した奴に礼がしたいから来たんだ。ここに入れてもらったのはあんたの力かも知れんが、それについちゃあんたが俺を利用するということで手を打とうじゃないか。俺はあんたを殺しにくる奴と対決する。その結果があんたの命を守ることだ。俺はあんたが好きでたまらんわけじゃないんだ。だが連中は、俺もあんたも、そしてここにいる清水もひとまとめにして片付けるつもりなんだ。俺たちがここにいる限り、それは変わらん。だからここにいる間は、俺や清水の指示に従ってもらう。何も仕事を中断してまで協力しろとはいわない。わかったか」

「儂の命を守ることが決して、君たちの勝利につながるとは考えておらんよ。むしろ囮《おとり》にする手だってある。儂はそう考えておるのだがな、高松くん」

「悪かない。あんたには標的になってもらう。ゴルフやテニス、若い娘と昼間からいちゃついてるところを奴らが殺しに来る――それを待つのもいい手だろう。だがとりあえず今は、部屋にいるんだ。これからってときにあんたが穴だらけになっちゃ元も子もないんだ」

「儂は君らのたった一枚のカードか？」

眉《まゆ》を上げ、辺見は皮肉をこめていった。

「その通りさ。しかもそのカードがエースか絵札か、それともクソ札か、俺たちにすらわからんのだ」

「インディアンポーカーというわけだ」

「せいぜい楽しむんだな。あんたにとっても俺たちにとっても、賭《か》け金はこれ以上がないぐらい高いんだ」

「コールしたくなったら君にいおう」

圭介は頷いて部屋を出ていった。

12

部屋に戻った圭介は、ライティングテーブルにおさめられていたホテルの案内図を開いた。

頂上である十階にメインダイニングとカクテルラウンジ、一階にティルーム、地下一階がディスコ「アケローン」とバー、そして二階にサウナ、トレーニングジムといった施設がある。その他、三階にビリヤード、麻雀《マージャン》などの屋内遊戯の施設、そのお相手もガイドがつとめるといった具合だ。テレビでは館内放送としてハードコアのポルノ、チャップリンの喜劇映画を流している。バーとティルームは二十四時間営業、ルームサービスも御同様でまさに至れりつくせりの有様だ。はたしてこのクラブの会員になるには、どれほどのステータスと金が必要なのか、想像もつかない。

なみのゴルフ場の会員権を買うような端《はし》た金《がね》では入会できないことは確かだ。しかも、圭介たちが入れたようには、ヴィジターがあっさり利用できるとも考えられない。万一、外部にその存在が洩《も》れればその内容から推《お》して、社会的問題になることはまちがいないのだ。

会員規約に関する説明の類《たぐい》はいっさいない。おそらくそれだけ会員には徹底しているのだろう。

とすると、辺見俊悟はこのクラブに対してかなりの力を持っていることになる。両者の関係がどのようなものなのかは、圭介にもわからなかった。

圭介は洋服を脱ぎ、ナイフを外すとクローゼットにかけた。バッグを開き、だっぷりとしたコーデュロイのスーツ、Vネックのトレーナーに着がえる。

羽澄がここのことを知っているのは確かだ。さもなければあのように自信たっぷりのはずはないし、東京を離れることもなかったろう。圭介は自分を尾行する者はなかったと確信していた。清水についても同様の信頼がおける。

ホテルに入ってから、従業員をのぞけば、まったく宿泊者との接触がないのを圭介は思い出した。表も暗くなり、明りのついたガーデンテラスには今のところ人影はない。

ベッドに腰かけた圭介はバッグを開いた。ナイフがもう一本、ストラップのついた鞘《さや》におさまっている。最初のナイフを腰につけ、そのナイフを、ふくらはぎに固定した。ゆったりとしたコーデュロイのパンツは、まくりあげていた裾《すそ》をおろすとうまくシルエットを隠してくれる。

ベッドサイドの電話を取った。ダイヤルの八番を押す。

「――ガイドルームです」

若い女の声が応《こた》えた。

「八一一の高松だが、ガイドを寄こしてくれ」

「承知いたしました」

五分と待たずにドアがノックされた。のぞき穴に目をあてると、鮎川と名乗った娘が立っているのを認めた。

「入りたまえ」

室内に招じ入れると、圭介は煙草《タバコ》をくわえた。

「このホテルの中を君に案内してもらいたいんだ。それも君の仕事かい？」

「はい」

「君の名前を教えてほしい。俺《おれ》は高松、高松圭介だ。知ってるとは思うが」

娘は頷《うなず》いた。

「真子《まさこ》です。真子と呼んで下さって結構です」

「よし、真子さん。俺は腹が減ってるし、酒も飲みたい。だがそこにあるものを知らずに通りすぎちまうのも嫌だ。ここには何がある？　いってくれ」

真子はとまどったように圭介を見上げた。

「と、おっしゃいますと？」

「君は幾つだい？」

「二十一です」

「ここは楽しいところだと思うかい？」

真子の口元にうっすらと笑みがうかんだ。

「お客様次第です」

「お客様じゃない、圭介だ」

「はい、圭介さん」

「さんはいらない」

「はい」

「これから俺は何ができる？　ここで」

　真子は腕時計に目を落とした。

「ナイターのテニスと、屋内プールで水泳、サウナとトレーニングジム、お食事はお寿《す》司《し》、天ぷら、フランス料理、ステーキ、中華料理がございます。お酒を召しあがるなら、カクテルラウンジはあと一時間してからでなくては開きませんが、バーとディスコは営業しております。それともシャワーをお浴びになってひと休みなさいますか。私でもよろしければ、マッサージもいたします。専門のものもおりますが、そのものはベッドのお相手はいたしません」

　すらすらと淀《よど》みない喋《しゃべ》り方だった。

「ガイドを変更してもらう気はない。俺は君が気に入った。落ちついているところがいい。だがベッドは後回しだ、とにかくここを出よう。必要なら俺は二十四時間でも君をつなぎとめておくことができる、そうだろう？」

　圭介はニヤリとしていった。そして真子が頷くとその腕をつかんだ。

　ブレザーに隠されていた意外に豊かな胸が圭介の腹に当たった。かすかなコロンの香りをかぎながら、圭介は真子の唇をとらえた。

　小さめの柔らかな唇に隠れていた舌が素早く動いた。圭介の舌にからむ。娘の両腕が開かれ、圭介の肩に回った。

唇を離すと真子は湿った声でいった。

「すごく厚い胸、私弱いんです」

「他はどこが弱いか、あとでゆっくり試してみよう」

真子は困ったような顔をして頷いた。

「君は腹は空いてるかい」

「少し」

「何が食べたい？」

「高松さ――圭介の食べたいもので」

「俺が訊《き》いてるんだ」

「……このところさっぱりしたものが多かったので、できれば――」

年寄りのガイドが多かったのだろう。

「よし、じゃあステーキを食べにいこう」

真子の体をドアロに押した。そういえば最後にステーキを食べたのは、河合の死体を見つける前だった。皮肉な気分で圭介は思った。

「先にエレベーターの方へ行っててくれ」

真子の後ろ姿が廊下を回りこんで行くのを見送って、圭介は濡《ぬ》らした髪の毛をドアの下方に貼《は》りつけた。

子供だましのようだが結構、効果はあるのだ。

ステーキハウスは二階にあった。巨大な鉄板を中央にすえ、腰に包丁を吊《つ》るしたコックたちが鮮やかな手つきで肉をさばいている。

満員になってもせいぜい二十人といったところだ。圭介たちが入った時刻が午後六時と早いこともあって、先客は二組だけだった。

端の方に四十を過ぎている派手な中年女と制服を着た若い男のガイド、そして向かいあわせに、両方ともガイドとは思えない男女の組、店内はぎりぎりまで照明を落としてあり、顔だちがはっきりとわからないような仕組になっている。それでもアベックが三十代半ばであることは見てとれた。

熱く焼けた鉄板の前にすわると、高いコック帽をかぶった男が近づいてきた。

「いらっしゃいませ」

真子にはテンダロイン、自分にはサーロインをオーダーした。

「ワインはいかがでしょう、七〇年物の良いのがございますが」

「俺はビールを貰《もら》おう、真子は？」

「私もそれで……」

ビールが届くと二人は乾杯し、圭介が訊《たず》ねた。

「今、このクラブは混《こ》んでるのかい」

「いえ、ほとんど……」

「満員で何人ぐらいかな」

「二百人ぐらいだと思います」

「じゃあ混む時期は予約をとるのが大変だな」

「そうでもないんです。一回の利用期間は無期限ですが、年四回迄《まで》と決まっているんで」

「会員は全部で何人ぐらいいる？」

「さあ、それはちょっと……」

口止めされている、圭介は感じた。

「君のようなガイドは何人いる？」

「女性が百名、男性が五十名、他にディスコ『アケローン』やバーにいるガールズが五十人くらいです」

「どの娘でも指名できるのかい？」

「はい。ただし、お客様の指名が重なった場合は、会員としてのキャリアが優先されます」

「俺のように会員じゃなくても入れるケースは多いのかな」

「さあ。私が知る限りでは圭介が初めて」

いいづらそうに真子は〝圭介〟と呼びすてにした。

「君はここにどれぐらいいる？」

「半年です。ガイドやガールズは年齢制限があって、二十五歳以上は勤務できないんです」

運ばれてきた肉に、圭介と真子はとりかかった。最上の肉を使っている。

「辞《や》めたあとはどうするんだい？」

「退職金をいただいて、お嫁に行きます。ここのことについては誓約書を書かされますが、自分から喋るような人はいないし、いても信じてもらえないでしょ」

「有名な人もいっぱい来るようだね」

「ええ」

笑って頷いたがそれ以上は話そうとしなかった。

食事を終えた圭介は地下一階のバーへ移動した。バーは暗く、予想以上に広かった。高い天井に施された照明はここもぎりぎりまで光度を絞り、客はテーブルにのったキャンドルに手元を頼っている。各テーブルのかたわらには、ミニスカートをはいた娘たちがひっそりとかけ、必要のない時には口を開かず、グラスに酒を満たし、煙草に火をさし出している。

長いカウンターにはお仕着せをつけたバーテンダーが五人ほど佇《たたず》み、オーダーに応じて酒を調合していた。

不思議なことだがカウンターに、何人かの客がいて、娘たちを傍におかず酒を飲んでいた。彼らはたいてい、二つか三つのストゥールを隔て、互いに話しかけることもなく酒を飲んでいる。

ただ飲むだけなのだ。

誰にも邪魔されず、ひっそりと酒を飲みつづけるだけのためにクラブを利用しているのかもしれない。

圭介は革張りのソファに真子と並んで腰をおろした。ソファは巨大で、すっぽりと二人の体を包みこんだ。

「お酒は何をお持ちすればいいでしょう」

二人のテーブルの係りの娘が訊ねた。切れ長の瞳《ひとみ》と、近頃では珍しいロングヘアー、すきとおるような肌を持っている。

「ビフィターのジントニックを。彼女には好きな物を訊いてくれ」

「私はカルーアミルクをいただきます」

チョコレートの味と香りを持った酒が届けられると、圭介は真子と乾杯した。ここにいなくてもいい、と圭介がいうと、係りの娘は立ち去った。

「伝票にサインしろともいわないんだな」

「私の顔がルームナンバー代わりになります」

「なるほど。客がここでトラブルをおこすことはないかい？」

「ほとんど。たまに、喧嘩《けんか》ぐらいですね」

「ほう？」

「それも酔った勢いで。ここでは会員同士の交流があまりないみたいです」

「もし怪我人《けがにん》とかでたらどうするんだい？」

「お医者さんも一人、このホテルの中にいるんです。それに、元警官の副支配人がいますし……」

「完璧《かんぺき》に、外に頼らないシステムが出来あがっているわけだ」

圭介がこめた皮肉に気づいたかどうか、真子は無言で頷いた。

「君たちは従業員同士の顔をよく知ってるのかい？　もし知らない人間がいたらすぐわかるほど」

「もちろんです。ここに入るとすぐ研修があって、誰がどのセクションの仕事についているか、その内容はどんなものか徹底的に教えられますから」

「外に出たくなったらどうする？」

「休みは月に十日、まとまってとることができるんです。ただし、お客様による御指名がない場合ですが、お客様は必ず予約をなさるので、問題はありません」

「やめたくなったことは」

根掘り葉掘り訊ねている自分に、いささか嫌悪を感じながら圭介はいった。真子は即座に首を振った。

「毎日、スポーツをしたり、おいしいものを食べられる上にお金が貯《た》められるんですもの、一度も——」

嫌な客につきあわされるときはどうなんだい、という質問を圭介は飲みこんだ。好んで嫌われる必要はない。圭介は話題を変えた。

「夜、ホテルの外に出るのは自由なのかい？」

「ゴルフ場内には入れませんが、他の場所は自由です。ただ、クラブの敷地の外に出る場合は、あらかじめフロントに届けていただく規則になっています。ゲートが開きませんので」

「君たちを連れ出すことは？」

「それはできません」

「一度来たら出たがるやつはいないだろう」

「住んでいらっしゃる方も何人かいらっしゃいますわ。きっとすごいお金持なんでしょう」

「そんなに金がかかるのかい？」

「一日、十万円くらいかしら」

「何もしなくても？」

「ええ」

「そいつはすごい」

「あの、カウンターでおひとりでお酒を飲んでらっしゃる方もそうですわ。ほとんど毎晩、おひとりでお酒を飲むんです。あとは週に一度ゴルフをするぐらいで」

「よほどくたびれる人生を送ってきたんだろう」

「噂《うわさ》では元お役人だけど、ガンであと半年ぐらいの命なんですって」

「ここで死ぬつもりなのかな」

「御家族がいらっしゃらないのでそれでもかまわないっておっしゃっていたそうです」

「死体の始末はどうするのかな」

圭介の言葉を冗談と取ったらしく、真子は苦笑して首を振った。

髪の長い娘が圭介の横に現われた。電話器を手にしている。

「高松様、八〇七号のお客様からお電話が入っておりますが」

圭介は受話器を耳にあてた。清水がのんびりとした口調でいった。

「先生が酒を飲みに下に降りたいとおっしゃってるんですが——」

「食事はどうした」

「ルームサービスで。悪い味じゃありませんでした」

「カクテルラウンジに行ってみよう。ただし窓ぎわは駄目だ」

「オーケイ、可愛《かわ》い子ちゃんたちはどうします」

「あんたたちの分も含めて一時間だけお別れだ」

「了解」

受話器を娘に渡し、圭介は真子に向き直った。

「カクテルラウンジに行く。辺見の爺《じい》さんたちと会うんだ」

真子はくすりと笑った。

「先生をそんないい方して。とっても素敵な方なのに」

「頼みがある。一時間だけ俺を自由にしてくれないか。一時間たったら、辺見の爺さんとそれから清水という男の二人のガイドを連れて上がって来てくれ」

「大人数だわ」

「どういう意味だい？」

「辺見先生はいつもガイドを五人キープなさるのよ、それに私と清水さんのガイド、合わせて七人」

「何てこった」

おそらくあの朝鮮人参《にんじん》入り野菜ジュースのなせる技だろう、圭介は心の中で毒づいた。

だが娘たちを弾丸よけにする手もある。冷酷にそう決めると、圭介はいった。

「それでもいいよ、何しろあとで会おう」

「一時間後というと、九時ですね、わかりました」

真子は素直に頷いて立ち上がった。

13

「方法はふた通りだ」

圭介は清水と辺見に向きあい、口を切った。清水が窓ぎわに、辺見はその内側にすわっている。彼らの側の窓にはブラインドがおりていたが、大事をとったのだ。

圭介の側の窓からは蒼味《あおみ》を帯びた澄んだ夜空と、そこに稜線《りようせん》を黒々と際立たす山並みが見えた。

夜景が絵になるのは都会の光だけではないのだ。

「第一番は今日してきたように、なるべく表に出ないで敵の仕掛けるチャンスを少なくする。そして待つんだ」

「二番目は儂《わし》を囮《おとり》にして待ち伏せをするという手だろうが」

シーバスリーガルのオンザロックを手に辺見がいった。驚いた様子も怯《おび》えた様子もなかった。

「そういうことだ」

老人を見すえて圭介はいった。

「あんたがここに来たときにいつも振舞っているようにやる。ゴルフをやろうと、泳ごうと、女を抱こうと好きにする。奴《やつ》らはあんたを監視していてやりやすいときを狙《ねら》うだろう」

「罠《わな》だと気づかれんかね」

辺見は圭介の言葉遣いに顔をしかめながら訊《たず》ねた。

「無論気づくだろうな。連中は俺《おれ》たちがあんたについていることを知っている。俺たちも連中が知っているということを知っている。いってみりゃこいつは挑戦だ。受けてたつかどうかは奴ら次第だ」

清水がゆっくりと口を開いた。彼は薄い水割りを時間をかけて飲んでいる。

「ここにいる間は、羽澄たちの使える手段は限られてきます。何といっても他の場所とちがい、通行人や無関係の人物を装《よそお》うのは困難ですからね。客として入ってくるのはおそらく不可能でしょうから、こっそり敷地内に侵入して、ことを運ぼうとするはずです。私たちが外に出なければ彼らにとっては、よほど思いきった手段をとらぬ限り、やりにくい相手になるでしょう」

「思いきった手段とはどんな方法だね」

辺見は清水に訊ねると、清水は困惑したように圭介を見た。

「いってやれよ」

「たとえば爆薬を使います。先生が八階に泊まっていることを探り出せば、先生の部屋の隣か上下の部屋にしかければいいわけです」

「その部屋に関係のないゲストがいたらどうするのだ」

「殺すんだ」

圭介は辺見の問いに、清水に代わって答えた。

「先に殺しておいて爆弾をしかける」

「なるほど。確かに思いきった手段だな」

「そういう方法を相手がとってきた場合、防ぐのはむしろ難しいでしょうね。こちらの人数が限られていますから」

清水が感情をこめずにいった。

「では決まったな。儂は、儂を狙う狂人に無関係の人間が傷つけられるのを放っておくつもりはない」

辺見はきっぱりといった。

「あんたが死ねば責任もへったくれもないのだぜ」

「その通りです。それに――」

清水が圭介の皮肉に頷《うなず》いていった。

「こういった場合、守る側の兵力がおよそ三倍で、攻撃側とタイになるのです。先生を狙っているのは狂人ではなく訓練を受けた兵士です。無関係の人間であろうと彼らは殺すのに躊躇《ちゅうちょ》はしません」

「俺がいいたかったのはそこのところなんだ、先生。奴らはフランチャイズの東京を離れてやってきた。ということは徹底的かつ確実にあんたを殺《や》るつもりなんだ。そのためなら手段は選ばない。事故に見せかけようなんて小細工はもう弄《ろう》さんはずだ。ライフルで頭をぶち抜いてでもあんたを殺す。そしていったん表に出たが最後、俺たちにはそれを止めることはできない。この盆地はライフル狙撃《そげき》の舞台としちゃ、格好の場所だ」

「そうです。高松さんのおっしゃる通り、外に出るのは何としても勧められませんね」

「君らから攻撃にうって出ることはできんのかね」

お代わりのオンザロックを合図して辺見は訊ねた。あくまでも落ちついている。

「奴らがいったいどんな手を使うかそいつをつきとめない限り、不可能だ」

「ある程度、予測はつくのだろう」

「ある程度までならだ」

「ではやってみてはどうかね。君らとしても儂とともにここで一生待つわけにはいかんはずだ」

圭介は清水と顔を見合わせた。

「採決をとった方が良さそうだな」

グラスを運んできたガールズのひとりが遠ざかると辺見は鼻を鳴らした。

「君らの話はだいたいわかった。相手の出方を予測しうるのは、むしろ儂が表に出ているときだと考える。銃を使おうがどうしようが、君らはそれに対応できる――」

「待ってくれ――」

「儂は決めた。明日からは、前回ここにやって来たのと同じように振舞う。ゴルフと水泳だ」

「頭を吹っ飛ばされる覚悟でやるんだろうな」

圭介は老人をにらみつけた。

「そのときはそのときだ」

「いいか」

圭介は辺見に人さし指をつきつけた。

「あんたが殺されれば、まっ先に疑われるのは俺たちだ。しかも俺はここに来たことによって、いずれは警察に疑われる。そのうえ殺されるのはあんたひとりと決まっているわけじゃないんだぜ」

「どうするというのだ。儂を部屋の中に閉じこめておく気かね。このホテルの中では君らにはそんなことはできん。もし試せば、儂はホテルの者にいって君らを放り出させる。そうなれば儂が殺されるのは時間の問題だろうし、君のいう本当の犯人をつきとめるのは不可能になるな」

「くそったれ」

圭介は歯をくいしばって呪《のろ》った。

「そうなっても儂はいっこうに構わんが」

辺見は清水に向き直った。

「清水くんはどう思うね」

「無謀としかいいようがありませんが、先生がそうおっしゃる以上仕方ありませんな」

「あんたは殺されたいのか生きのびたいのかどっちなんだ」

圭介は押し殺した声で訊ねた。

「儂か、儂は今書いている原稿を書きあげるまでは絶対に死ぬ気などない。書きあげて本にさえなればそれはまた後のことだ」

「何を書いているんだ」

「いったはずだ。『陰《かげ》の間《はざま》』の続編だと。もし儂がここで書きあげた後に殺されたら、君か清水くんのどちらかが文映社の児玉という男に届けてくれたまえ。必ず本になる」

「どこまでいっている、その内容は」

「あと三日といったところだな。仕上げの段階には来ているが一気に書き上げようとは思っておらんのでね」

「やろうと思えばできるはずだ」

「確かに。だが儂にはその気がない。おそらく儂の最後の長編小説になるだろう。したがってペースを変えずにじっくりと書き上げたいのだ。そのためにここへも来た」

「あんたはどうしようもない爺《じい》さんだな」

圭介は吐きすてた。そのときカクテルラウンジのエレベーターが開き、若い娘たちが吐き出された。真子と約束した一時間が過ぎたのだ。


老人が階下の自室に五人のガイドとこもるのを見届けて圭介と清水は圭介の部屋に入った。誰もどの部屋にも侵入した形跡はない。

二人のガイドは清水の部屋で待たせてある。

「あの爺《じじ》いはいったい、何を考えてやがるんだ」

ベッドの上に体を叩《たた》きつけると、圭介はいった。清水はライティングテーブルの前に無言で腰をおろした。

「明日は十時スタートでゴルフだと。二ホールも行かないうちに爺さんは憐《あわ》れこの世とおさらばだぞ」

「ライフルを用意してくるでしょうか、羽澄たちは」

「もしてなければ急いであつらえるだろう。奴らにとっちゃわけはない」

「高松さんはいったい、何が目的なんです」

「とりあえずは、羽澄たちの裏にいるのがどんな野郎かつきとめたいね。爺さんがいうようなおかしいやつなんかじゃないことは確かだからな」

「ルポにするつもり？」

　皮肉っぽく清水は訊ねた。圭介は上半身をおこして、絵のかかった壁をにらんだ。

「ひょっとしたらな。面白そうなネタはネタだ。ことといい、中心人物といい、初めて書く、俺の国内編にはうってつけだね」

「まだ気づいてないんですか」

　清水はさもおかしそうにいった。

「何を？」

「あなたは辺見先生を気に入ってるんですよ。あのクソ度胸を」

「よしてくれ」

　圭介は顔をしかめた。

「退屈しのぎだの、取材だのって自分にいい訳してますがね、本当は辺見先生の命を助けたいんですよ」

「悪い冗談だ。神経がいらだってるときには特に聞きたくないような種類の冗談だぜ」

清水は溜息《ためいき》をついた。

「おそらくそういうとは思いましたがね」

「そんなことより、爺さんが何を考えているかだ。あんたは昨夜からずっと一緒だったんだ、何かいったかい大先生は」

「役に立つようなことは何も。私と高松さんの関係や、高松さんのことを訊《き》いたぐらいです」

「爺さんはケチじゃなかったかい」

清水はニヤリと笑った。

「小切手があります。とりあえず一週間で二百万、よこしました」

圭介は口をすぼめてみせた。

「爺さんに身よりはいないのか」

「いません。私も訊ねましたが去年、奥さんに死なれて以来ひとりだそうです」

「そうか」

あの年齢で妻に先だたれてはこたえるだろう、圭介はふと思った。

「口ではああいってますが、けっこう、人物ですよ」

「怪しいもんだ。清水はファンだからな」

清水は苦笑した。

「高松さんも強情な人だ」

「俺のことは、まさかペンネームとかはいわなかったろうな」

「ええ、勿論《もちろん》です。でも知ってますか、高松さんの本、先生のお宅にありましたよ」

「そりゃ気づかなかった」

圭介は顔をしかめた。普通、あれだけの老大家になれば、他人の、それも日本人の若造が書いた本など読まぬものである。文映社からの寄贈なのかもしれないが、もし読んでいるとすれば、案外そういった姿勢の柔軟さが読者の支持をうけている原因かもしれない。

だがその割には、己れの危険に対して、態度がかたくなすぎる。何らかの理由があるはずなのだ。それを知るには、あの爺さんの口を何としてもこじあけなければならない。どうすればいいのか。

圭介は天井を見すえた。

河合の死によって始まった事件のことがめまぐるしく圭介の頭の中で踊った。関《かか》わった人間たち、脅迫、狙撃、そして確かに存在する黒幕とその人物に雇われた男たち。

黒幕を知るのは、辺見と羽澄である。羽澄とチームを組む、前川も知っているだろう。羽澄か前川を捕えれば口を開かせることができるだろうか。

難しい。

「羽澄に家族はいるかい」

　圭介は訊ねた。

「離婚したカミさんとの間に娘がいると聞いたことがあります」

　清水がものうげに答えた。圭介の質問の理由を感じとっているのだ。

　梃子《てこ》がひとつ。圭介は思った。

　羽澄の娘を押さえ、殺すか傷つけると脅迫すれば、羽澄は依頼主の名を明かすかもしれない。

　だがその場合、辺見に関わる事件が終わった後も、圭介は羽澄に命を狙われ続ける。やめさせるには羽澄を殺す他ない。

　汚ないし、危険すぎる。

　圭介は無言で眉《まゆ》をしかめた。そこまでするぐらいならいっそ手をひく方がよほど簡単だ。他に梃子はないのか。

　羽澄が駄目なら前川。だが連中は筋金入りだ。なまじの拷問で口を割る相手ではない。もうひとり、辺見の爺い。梃子は——。

　圭介は体を起こした。清水が暗い眼で圭介を見つめていた。同じことを考えていたのか。

「俺のことをどれほど気に入っているか、試してみようじゃないか」

圭介はいった。

「爺さんが――」

14

翌日は快晴となった。午前九時に圭介が電話をした上で辺見の部屋を訪れると、老人はすでに仕度の整った姿で迎え入れた。

中に女たちの姿はなく、巨大な机上には書きかけの原稿用紙が積み上げられている。

辺見は二点焦点式の老眼鏡をずりあげると圭介を認めた。

「何か変わったことは」

室内に入れられた朝食のワゴンには一人前の料理の残骸《ざんがい》しかのっていない。

「別にない。コーヒーは飲むかね」

圭介は頷《うなず》き、いった。

「ルームサービスを頼んだり、女たちを部屋から出すときには必ず俺《おれ》か清水に連絡をよこしてくれ。さもないと、今夜から清水と同じ部屋で寝泊まりしてもらうぞ」

「何の危険もない」

「今まで運が良かっただけだ。この瞬間、あんたと俺が床下から月まで吹っ飛ばされても俺は驚かんぜ」

辺見は首をふると、コーヒーをついだカップをさし出した。

「昨夜はよく眠れたかね」

「お陰さまで一時間おきに目をさましていた。だがそんなことには慣れている」

辺見は葉巻をヒップポケットからとり出した。半袖《はんそで》のシャツにヴェスト、ゴルフスラックスといういでたちだ。袖からは白い毛でおおわれたたくましい腕がのびている。

「清水くんはどうした」

「俺と彼のゴルフウエアを揃《そろ》えに下に行っている」

「勘定を払う必要はないぞ」

「そのつもりだ」

葉巻をくわえた辺見の口の端に苦笑がうかんだ。

「君のような人物にこそタフという言葉がふさわしいようだ」

「昨夜、清水にはセンチメンタリストだといわれたよ」

「不服かね」

「誤解だ」

「どうかな。いっては何だが君や清水くんがおることは儂《わし》にはさほど苦痛ではない」

「快感にならんよう祈るか」

辺見は笑い声をたてた。

「まったく面白い男だな、君は。命知らずとでもいおうか、大時代な言い方をすれば」

「俺が命知らずなら、あんたは自殺マニアだ」

辺見がその言葉に何かをいい返す前にドアにノックが聞こえた。

「誰だ」

「『ＡＸ』ですよ」

清水の声だった。万一の場合のために合言葉を決めてあった。誰かに脅されて入室を求める場合には、「清水です」と名乗るのだ。安全な場合には即《すなわ》ち、本名を使わない。圭介は「阿嶋」と名乗ることにしている。辺見にもそれは教えてあった。「阿嶋」の意味は話していない。

清水が辺見のツケで買いこんできた衣料を圭介はバスルームで着こんだ。化学繊維と綿の混紡でできたシャツとポリエステルのスラックスだ。ふくらはぎのナイフは眠るときも外してはいない。

サイズはぴったり合った。

「ゴルフ場の方はどうなっている？」

「私たちが今日は最後のスタートです。前の組とは十分以上開けてもらいました。ティグラウンドで待ちくたびれている間に撃たれてはたまりませんからね」

清水が答えた。

「キャディは」

「断わりました。かわりに電動カートを借りてあります」

「なぜキャディを断わったのだ？」

辺見が訊《たず》ねた。

「キャディもガイドも駄目だ。もし襲撃を受けたら、その場所に居あわせる分、事態が混乱するし、こちらの反撃が遅れる。キャディやガイドまでカバーできるかどうか自信がないんだ。あんたも、他の人間が自分の巻き添えをくって死ぬのは嫌だろう」

辺見は不愉快そうに頷いた。

「バッグと靴はカートに用意してあります」

「オーケイ、じゃあ出発だ」

清水が先頭に立ち、ドアを開いた。辺見の左胸、頭をカバーする位置で廊下を歩く。はさんで後ろが圭介の位置だった。三人は縦に連らなって歩いた。

辺見が圭介の部屋の前におかれたルームサービスのワゴンに気づいた。

「朝からレアーステーキとは胃袋もタフなようだな」

圭介は答えなかった。

ホテル内での態勢を維持しながら三人はガーデンテラスに出た。コンクリートを敷いたカート路がそこまでのびており、四人乗りのカート車が駐《と》まっている。圭介と清水の分は貸しクラブだが、老人のは私有物だった。ヘッドカバーをきちんとかけたウッドが六本入っている。

「ここにワンセット預けてあるのだ。儂は七番まではウッドを使うのでな」

圭介の目にこめられた問いに辺見が答えた。シューズをはきかえると、清水が運転席にすわった。その背後に辺見、隣が圭介だ。

辺見は赤のシャツにベージュのスラックス、ホワイトのヴェストをつけている。グリーンのシャツにグレイのスラックスといった圭介に比べれば目立つことおびただしい。文字通り、標的が歩き回るようなものだ。

「覚悟しろよ」

けたたましい音をたててカートが走り始めると圭介はいった。辺見は葉巻をくわえたまま答えない。

一番ホールのティグラウンドに到着すると圭介はバッグの中をあらためた。ウッドが一・三・五番に三番からのアイアンである。品物は悪くない。

「高松くんのハンディはどのぐらいかね」

前方に打ち上げのティグラウンドに立つと辺見が訊ねた。ホテルから数百メートルほど離れ、キャディマスター室も五十メートルは離れている。周囲に人影はない。

「八か九といったところだ」

「ふむ。儂のオフィシャルが七だからいい勝負かもしれんな。清水くんはどうだ」

圭介と同じように、老人をはさんで目を配りながら清水は答えた。

「二です、オフィシャルで」

「では勝ち目がないか、さて」

ドライバーの素振りを終えて、辺見はオナーを決めるポストに歩みよった。

「あんたがオナーだ」

圭介の言葉に辺見はふり返った。

「どうしてだね」

「俺たちを待ってティグラウンドに立っていてほしくない。打ったらすぐそのホールごとに俺たちが指定した安全地帯で待ってもらう。それが一。二番目は相手に移動してからの時間を与えたくない。さっさと打ってさっさと歩くんだ」

「あまり気に入らんが仕方がないな」

「それからカートから十メートル以上離れないでくれ。全ホール、あんたがつねにオナーだ」

「よかろう。ここは林間コースだが、整備もレイアウトも悪くない。君らもきっと満足するはずだ」

「自分が何打打ったかも数える自信がないね」

一番ホールは三百二十メートルのパー4だった。距離はさほどないが勾配《こうばい》のきついフェアウエイがまっすぐのびている。カート使用客のために、ホールのレイアウト図が木板に描かれていた。ティグラウンドのグリーンもきれいである。確かにゴルフだけを楽しむつもりなら悪いコースではないだろうと、圭介は思った。

ツーピースボールをティアップし、辺見は無造作にクラブを振った。老人にしては柔らかい、コンパクトなスイングだ。ややダフリ気味だったせいか、ボールは一直線にフェアウエイの頂きに向かって飛んだ。百八十メートルは出ているにちがいないと、圭介は見た。年齢を考えあわせれば大したものだ。

続いて清水が打った。打つ間、辺見をカートに乗せ、背後を林に、前方を自分の体で、圭介はカバーした。

清水のボールはややドロウ気味で快音とともに消えた。二百四、五十は飛んでいる。

「すごいものだ」

辺見が呑気《のんき》に感心してみせた。清水と位置を交代すると、圭介はティグラウンドに立った。レイアウト図では、二百メートル付近で、左側から崖《がけ》がせり出している他は、ほぼまっすぐのフェアウエイが続いている。フックがかかっても、キックがよほど悪くない限り、ボールはラフまで降りてくるはずだ。それよりも右側に続く林に打ち込んだ方が始末が悪いだろう。林に入れれば確実に一打を無駄にすることになる。辺見を守る立場からいってもそんな手間をかけたくはなかった。

静かに息を吐くと両膝《りょうひざ》と腰を軸にゆっくりとテイクバックし、ドライバーを振りおろした。確かな手応《てごた》えを感じた後、ボールの行方を追った。やや左がかっているが、安全なコースを飛んだようだ。

「よし、行こう」

圭介はカートに走り寄った。

辺見が頂上の百八十メートル地点、圭介がその先の二百二十メートル地点で第二打を打った。圭介と清水が2オン、辺見が第二打をわずかにこぼし3オン、三人とも2パットであがり、圭介と清水がパー、辺見がボギーだった。

二番ホールは距離四百四十のパー5、左ドッグレッグで、しかもグリーン前八十メートル付近に池がある。バンカーも、各ホールにひとつはアリソンバンカーを備えているようだ。確かにタフなコースである。

だがオナーの辺見が目もさめるようなショットを放った。スライス気味の二百二十メートル級だ。ベンチプレスを怠っていない体力のたまものだろうか。続く清水もナイスショット、圭介のティショットはやや左によりすぎたが第二打は落ちた地点も良く、三人とも3オン。辺見が老練な寄せを見せ、バーディを拾った。清水もバーディ、圭介だけがパーである。

グリーンに切ったカップの位置は通常より長いポールにとりつけられた球形のマーカーで知らされている。

三番ホールは百十メートルのショートホールだった。ここで初めて圭介は煙草《タバコ》に火をつけた。谷越えの打ちおろしで、ティグラウンドは両側を林に囲まれている。

老人が九番アイアンを手にティグラウンドに立つと、清水がティグラウンド脇《わき》の林に姿を消した。バーディを拾い、機嫌をよくしている辺見は小用と考えたらしい。

「ニアピンでも賭《か》けるかね」

グリーンに目を向けながら、背後の圭介にいった。

「やめとこう、さっきのアプローチショットを見せられては自信がなくなる」

「どうかね、まだ誰も撃ってはこんようだが……」

辺見がそういってクラブを振り上げた瞬間、銃声が鳴った。

辺見の体が凍りついた。圭介は怒鳴りながら駆け出した。辺見の右腕をつかむと、カートの方へひっぱる。木立ちから清水が飛び出してきてカートの運転席に乗りこんだ。

「走らせるんだ！」

圭介は怒鳴って、辺見の体を抱えこんだ。辺見が何かいったが、聞きとっている暇はなかった。カートは下り坂を激しいスピードで走り始めた。風が耳元で音をたてる。

「ま、待て、儂は大丈夫だ」

「わかってる！」

圭介はピシャリといった。

「そのまま突っ走って、フェアウエイを横切ってもいいからホテルまで行くんだ」

清水が頷いてハンドルを切った。

「絶対に体を起こすなよ、いいな」

「わかった」

五分とたたぬうちに、カートはホテルに続くカート路に戻っていた。圭介は周囲を見回し、安全と確認してから辺見にいった。

「よしもう大丈夫だ。だが頭を低くしてるんだ」

息を喘《あえ》がせながら、辺見が面《おもて》を上げた。

「君の、いっていた兵士たちとやらの腕も、それほどのことはない、ようだな。それとも儂がまだ運に見放されていない、ということかね」

「そのどちらでもないな」

圭介は冷静にいった。辺見は訝《いぶか》し気に圭介を見つめ、次いで気づいた。圭介のシャツの右脇腹に丸い穴が開き、赤い血に染まっている。

「君が狙《ねら》われたのか！」

「ついていたのは俺だ。かすり傷だよ。それより清水、他の客に銃声を聞かれた気づかいは？」

「大丈夫でしょう。おそらくライフルでしょうが聞こえても猟師だと思いますよ」

清水はふりかえらずに答えた。

「あんたを殺す前に、俺を片付けようとしたのだろう。孤立させておいてゆっくり殺《や》るつもりだったんだ」

圭介は辺見にいった。

「どうやら、儂が相手を侮《あなど》りすぎていたようだ。君に怪我《けが》まで負わせ、謝らなくてはならんな」

低い声で辺見は答えた。

「そんなことより、あんたのヴェストを貸してくれないか。ホテルの連中に怪我を見られたくないんだ」

「ホテルには医師がおる。すぐに手当てをすれば――」

「馬鹿なことをいうな。誰が見ても銃の傷だということはすぐにわかる。それに大した怪我じゃない」

「それこそ馬鹿げている。傷ついた君を放っておくわけにはいかん」

「いいから！　簡単な手当てなら清水ができるし、その用意もある。今、あんたの傍を離れたら連中の思うツボだ」

辺見は厳しい表情をうかべた。

「早くヴェストを、もう到着するぞ」

辺見が脱いだヴェストを手荒くかぶると、圭介は顔をしかめた。ちらりと振りかえり、清水が訊ねた。

「ひどく痛みますか」

「いや。肉を少し抉《えぐ》られたぐらいだ。肋骨《ろっこつ》までは達してないだろう」

「そりゃ運が良かった。連中もドジを踏みましたね」

「何をいっとるんだ、君たちは！」

辺見が激昂《げっこう》して怒鳴った。

「興奮しなさんな。俺たちは慣れているといったはずだ。いいか、靴をはきかえたら一気にロビーを横ぎって部屋に向かう。俺は先生と先に昇るから、清水は鍵《かぎ》を持って後から来てくれ。とりあえず清水の部屋だ」

「了解」

カートが止まると、圭介は辺見をせきたてて靴をはきかえた。

「もし誰かに訊かれたら、あんたの気分が悪くなったというんだ。だがあまり大げさにするなよ。ホテルの方で心配してドクターをよこされちゃかなわん」

「わかった」

辺見は意気消沈して頷いた。そのあとは、圭介にいわれた通りに振舞い、エレベーターに乗りこんだ。箱の中で二人きりになると、辺見が訊ねた。

「本当に傷の方は大丈夫かね」

「大丈夫だ、撃たれたことは前にもある」

老人の方は見ず、表示板のランプをにらんで圭介はいった。

「それに清水はこういった傷を扱うことに慣れている。ここのドクターより、な」

「わかった」

いって辺見は唇をひき結んだ。銀髪が乱れ、さすがに面が蒼《あお》ざめている。出るときに貼《は》りつけた毛髪を確認すると、圭介は辺見を壁に押しつけるようにして待った。

「あまりここに長くいると、俺たちみんなつるっ禿《ぱげ》になる」

「こんなときに冗談をいう気分にはなれんぞ」

辺見が鼻を鳴らしていった。

エレベーターが唸《うな》りをたて、扉を開くと清水が吐き出された。

軽く頷いて見せ、先頭に立って部屋に入る。

「ここじゃなんだから、バスルームで傷を見ましょう」

クローゼットからバッグを出し、その中の小さなケースを手にとると清水はいった。

「わかった。あんたは窓から離れて待っていてくれ」

ヴェストを脱ぐと圭介は辺見にいった。血はシャツの下半分に広がり、乾きかけていた。

「悪いが汚しちまった」

「そんなことは構わんから、早く治療を……」

「わかった」

圭介が大きな絆創膏《ばんそうこう》を右脇腹に貼った姿でバスルームから出てくると、辺見はライティングテーブルの前にしょんぼりとすわり葉巻を吹かしていた。

「痛むかね」

「少しだけだ」

「出血とショックですよ。無理をしなければ二、三日で傷口はひっつきます」

後ろ手でバスルームの扉を閉めながら清水が答えた。

「君にはすまんことをしてしまった」

「そんなことはいい。だがこれで俺のいったことがまちがっていなかったのを、あんたにもわかってもらえたはずだ」

「ああ」

辺見は大きく嘆息した。

「ここから電話してゴルフの続きをキャンセルしてくれないか。もしあんたが続けたいのなら話は別だが」

「馬鹿をいってはいかん。本当に君にはすまないと思っているのだ」

「そんなことはいい」

圭介は清水がくわえさせてくれた煙草の煙を大きく吸いこんで答えた。

「それより奴らはまた仕掛けてくるぞ。そちらの方に考えを向けよう」

「次は夜ですね」

清水がいった。

「連中としても、騒ぎの様子を見たうえで、大したことがないと知れば間をおかず攻めてくるでしょう。時間をおけば、こちらの戦力が回復するのがわかっていますから」

圭介は腕時計に目を落とした。正午に近い。

「先生にはこの部屋にいてもらおう。できればもうひとつ別の部屋をとって、そこにいてくれる方がいい。奴らに、どの部屋を襲えばいいか悩んでもらう」

清水は頷いた。

「君たちにすべて任す」

陰鬱《いんうつ》な声で辺見はいった。

「だが、覚えておいてくれ。奴らには幾度でも仕掛けるチャンスがある。いつもこちらが裏をかけるとは限らない。元を断たなきゃ駄目なんだ」

「…………」

「俺は少し、自分の部屋で休ませてもらう。清水、先生から目を離さないでくれ。奴らが来たら、構わないから撃ちまくれ」

「了解」

圭介はいい捨てて、清水の部屋を出た。扉が閉じかけた時、じっと床をにらみつけている辺見の姿が目に映った。怒りと苦悩を秘めた表情をうかべている。

梃子《てこ》が入った。あとはゆさぶりだ。

そのための時間だ。

圭介は思った。

15

部屋に戻った圭介はもう一度、腕時計をのぞいた。

辺見には二時間もやれば充分なはずだ。大事をとっても三時間だ。それ以上長くなると、かえって逆効果だ。

ベッドに腰かけると、電話の受話器を外した。ダイヤルの八番を押す。

「ガイドルームです」

「鮎川さんを」

「私ですが」

「高松だ。どこが弱いか試してみようじゃないか」

かすかに息を呑《の》む気配を感じた。

「これからうかがいます」

囁《ささや》くようにいって電話は切れた。

間もなくチャイムが鳴り、魚眼レンズで確認した圭介は、真子を部屋に入れた。白のポロシャツにピンクのミニスカートを着けている。スカートについたエレッセのマークを圭介は指でなぞった。

「テニスでもするつもりだったのかい」

真子の頰《ほお》はかすかに上気していた。

「ええ。圭介さんたちがゴルフにいかれるのを聞いていたので」

「ゴルフは中止になったんだ。それとも君はテニスをしたいか」

圭介が羽織ったバスローブの中に真子が右手をさしいれた。平たい腹筋から胸を確かめるように触れる。

無言で首をふったのが返事だった。圭介はその唇をとらえた。ひんやりとして、わずかにハッカの匂《にお》いが漂う唇が開いた。尖《とが》った舌先が圭介の口の中にさしこまれ暴れ回る。

圭介がベッドに腰をおろすと、真子はその膝《ひざ》の上に乗った。暖かな太腿《ふともも》だった。すんなりとしたふくらはぎがのび、膝がとびだしていないのは、現代の娘の特長だ。圭介が太腿の上に手をおくと、真子はゆっくりと両脚を開いた。さざ波のように鳥肌がその内側で立った。

「ここもかい、弱いのは」

唇を離して訊《たず》ねると、真子は目を閉じたまま頷《うなず》いた。そしてすぐに目を開き、小さく叫んだ。

「意地悪！」


午後三時まで、圭介は真子と部屋で過した。真子の体は若く、柔軟でどのような形でも圭介を迎え入れることが可能だった。しかも驚くほど感じやすい体質だったのだ。圭介が前戯を終え、真子の中に入りこむとすぐ、ろくに動かぬうちから真子は到達した。そしてわずかなインターバルをおいただけで、たて続けに最高潮に昇りつめることができるのだ。

二人で三時間を費すのはわけのないことだった。圭介自身も二度満足を味わい、短い時間まどろむと、ゆさぶりの時間は終わっていた。

真子を帰し、身仕舞を整えると圭介は清水の部屋に向かった。

「どうです、傷の具合は？」

ドアを開いた清水が真面目《まじめ》な口調で訊ねた。圭介は清水だけにニヤッと笑ってみせた。

「大丈夫だ。チクリとも痛まない」

「本当かね」

ベッドにアグラをかいた辺見が面《おもて》を上げた。膝の上には、自室からもちこんだと覚《おぼ》しい原稿の束があった。

「ここで仕事をしていたのか」

「いや、とてもそんな気にはなれんよ。読みかえしておったのだ。今までの分を」

「だいぶ良心が疼《うず》くようだな」

圭介の容赦ない口調に、辺見は表情をこわばらせた。

「カードをコールする気になったか」

辺見は原稿の束をゆっくり、膝の上からどけた。老眼鏡を外し、ゴルフシャツのポケットにしまう。葉巻を代わりに取り出した。

ライターでゆっくり火をつけ、その火先を顔をしかめて見つめた。

圭介はベッドに腰をおろすと、ヘッドボードに背をもたせ、両足をのばした。

「儂《わし》は……」

清水が眉《まゆ》を上げて圭介を見た。

「儂は甘かった。たとえ河合くんが死に、君の車に弾丸が撃ちこまれても、まだどこか安心しておったのだろう。あの男が本気でそうしたはずがない、とな」

「誰だ？」

辺見は目を上げた。ゆっくり瞬《まばた》きして圭介を見る。

「名をいっても君らにはわかるまい。今ではその男は儂の知っておる名は使ってはおらんし」

「何者なんだ」

「松井直吉だよ」

圭介は唇を結んだ。「陰《かげ》の間《はざま》」の主人公の名を辺見は口にしたのだ。

「松井直吉は実在した。儂はその男のことをよく知っておったからこそ小説の主人公のモデルにしたのだ」

「ではなぜ、モデルのいたことを否定した。いや、それよりどうして今頃になってそいつはあんたの命をつけ狙《ねら》うのだ。三十年もたっているというのに」

「否定したのはその男の身を守るためだった。その男にも人間として平和な生活を送る権利がある、と儂は思ったからだ」

「じゃあ、今あんたを狙う理由は？」

「わからん。ひょっとしたら儂が書こうとしておる『陰の間』の続編にあるかもしれん」

「あんたはその男がどこで何をしているのか知っているのか」

辺見は葉巻をゆっくり灰皿に押しつけた。長いままの葉巻が途中で折れ、乾いた音をたてた。

「知っておるとも」

「どこにいる?!」

「病院だ。その男はガンで死にかけておるのだ。あと半年とは持たぬという話だ」

圭介は意外な言葉に、質問の継ぎ穂を失った。死にかけている人間がどうして今さら、過去を隠蔽《いんぺい》しようとするのか。無駄なこととしか思えない。

「あんたの作品『陰の間』のモデルとなった男は病院で死にかけていて、殺し屋を雇ったというのか」

「その通りだ」

「なぜなんだ」

「儂にもそれはわからん」

「そんな馬鹿げたことがあってたまるか。無意味だ」

「死に臨んで、自分の名誉と家族を守りたいのかもしれん」

「ただそれだけとは思えんな。他に何か、きっと別の理由があるはずだ」

圭介はニべもなくいった。

辺見は答えなかった。

「会ってみてはどうなんだ、その男に」

「会おうとした。だが面会謝絶の状態で、ほとんど一日中昏睡《こんすい》しておるようなのだ」

「ではいったい、誰が殺し屋たちを雇ったのだ？」

「あの男の側近の者だろう」

「死んだらどうなる、契約は撤回されるのか——？」

問いかけておいて、辺見が答えられぬ質問であることに圭介は気づいた。辺見はその男に会えずにいるのだ。

「その男がいる病院というのはどこなんだ」

「知ってどうする」

「会いにいってみるのさ。契約をとり消させればいい」

「あっさりこちらの言い分を呑むとは思えんが？」

「呑むようにしてやるまでだ」

「待ちたまえ。儂の第一の目的は儂の命を守ることではない。三十年後の松井直吉を儂なりの見方で描いた『陰の間』の続編を書き上げ、これを出版することなのだ。儂がその意志を捨て去らぬ限り、あの男は殺し屋を雇うのをあきらめはせんだろう。たとえ自分の死後でもだ」

「あんたにはその意志はない、ということか」

「そうだ」

「暗礁《あんしょう》だ」

圭介は吐き捨てた。男に会わぬ限り、真の動機はわからない。しかも唯一、取引きの材料と覚しきものを辺見自身は捨てる気がないのだ。

「あんたについて訊《き》かせてくれ」

「何だ」

「どうして続編を書く気になった」

「ひとことで説明するのは難しい問題だ。君は物書きではないからな」

「ひとことでなかったらどうだ」

「続編を書こうという気持はずっとあったのだ。それをいつ、どのような形で発表するかは、長い間、心の中でまとまることがなかった。だが、あの作品は儂の作家としての人生では入口となったものだ。となると、儂は最後には出口を書かねばならない。それが続編となる、それで良いだろうと儂は考えてきた。その漠然とした出口を、もうそろそろ作らねばならんと儂に思わせたのは河合くんだった」

「つまり河合があんたに続編を書くよう仕向けたのだな」

「彼は儂の作品をよく読んでいた。中でも『陰の間』を最も気に入っていたようだ。あれは続編が生まれなくてはならない作品だと、よく口にしていた。自分の年齢を考えれば、肉体的にも精神的にも、これからそう幾つも長編小説を書いていくことはできん。そこで儂は今のうちに書いておく決心をしたわけだ」

「当然、その男は『陰の間』の続編をあんたが書くことを知ったわけだな」

「儂が執筆を開始したことは幾つもの文芸誌で紹介された。したがってあの男が知っても不思議ではない。儂にとっては、そう四年ぶりの長編小説だからな」

「その男がどう受けとるか考えはしなかったのか」

「考えた。許可を得ようとは思わなかったが……」

「なぜだ、あんたが三十年前にさんざん受けた質問になる。あんたとその男はどういう関係なんだ」

一介のサラリーマンにすぎなかった辺見俊悟が、どうして松井直吉の存在を知り、物語にすることができたのか。それを知る機会だった。

「初め、その男は自分をモデルとして小説が書かれようとは思ってもみなかったのだ。だがモデル問題が世間を騒がすや、決して自分のことは明かさないでくれ、と儂に懇願した。当然のことだ。日本の警察に逮捕されるだけではすまないのはわかりきっていた。

スパイ網についての情報をもらされぬよう、口を塞《ふさ》がれる可能性もあった。無論、儂にもその気はなかった。だが、あえてしばらくマスコミに対し沈黙を守ったのは、儂の作家としての計算があったからだ」

「今回は計算抜きというわけだな。だからこそ命を狙われたのか？」

「あくまでも儂は松井直吉の正体を明かす気がなかった。これは小説なのだ、物語なのだ」

「じゃあどうして命を狙う。続編を恐れる理由がないじゃないか。少なくとも正編ではそれが架空の人物の物語である、と執筆者がいっているんだ。しかも、その意志を、執筆者であるあんたが変えていない以上、問題はないわけなのだから」

「それは儂にもわからん。儂は今回のこの作品に関しては、その男の取材を一切しておらんのだ」

「あんたはさっきから、わからん、わからんの一点張りだぞ。入口の物語が実際の出来事をモデルにし、出口の物語があんたの想像だということはわかった。だが、あんたは一番肝腎《かんじん》な問いに答えていない。

あんたとその男の関係だ」

「彼は私の弟だ」

清水がさっと圭介の顔を見た。

のだ」

「嘘《うそ》をついてもしかたがあるまい。姪がちがうこともあり、世間にはほとんど弟のことは知られてはいない。弟は生まれてすぐ、子供のいなかった叔母夫婦にひきとられたのだ」

辺見は憂鬱《ゆううつ》な表情で答えた。清水がその背後で唇をすぼめた。

圭介は黙って煙草《タバコ》をくわえた。次の質問を考えるべく、めまぐるしい早さで頭が回転している。

「あんたが最後に会ったのはいつだ」

老作家は首を振った。

「思い出せん。六年か、七年前になるだろう。いやもっと前かもしれん。『陰の間』以後、弟は私に対して神経質なほどの警戒心を抱いておった。自分から会おうとは決してしなかった」

「病院にあんたが訪ねたのはいつだ」

「一ヵ月ほど前だ。作品を発表することを自分の口から伝えようと思ったのだ」

「内容についてはどうだ」

「訊かれれば話すつもりではいた」

「あんたが続編を書くということが広告などで発表され始めたのは？」

「本当か」

「二ヵ月前だ。脅迫が始まった頃と一致している。内容についてはどこにも発表されていない。単なる続編というだけだ。知っていたのは河合くんぐらいのものだろう」

「わからんな。内容も知らんうちから書くのを阻もうとするはずがない」

「あるいは知ったのか。だが、知ったとしても……。いやそんなことはありえん。コピーは一切とっておらんし」

「河合は読んでいたのか」

「儂の家に来て、目を通してはいた」

「死にかけている人間が、なぜ今さら人殺しをしようとするんだ。そいつがわからなければどうしようもない」

　圭介は荒っぽく煙草をひねり潰《つぶ》した。

「あんたの弟はいったい、何をしている？　命を狙わせるために雇った連中は、ハンパな金で動くような手合いじゃないぞ」

「ある会社の社長だ。特許をもとに飛躍的な成長をとげた、電気計測器を作っている」

「でかいのか」

「いや、規模は決して大きくない。だが金は腐るほど持っているだろう。特許使用料が世界中から入ってくるのだ」

「あんたの弟が開発したのか」

「と、いうことになっている。実際は、弟の立場を有利にするために東側が与えたものだ」

おそらく日本国内での非合法活動者のための資金供給源になっていたのだろう。圭介は思った。スパイ活動には多大な現地通貨が必要になる。金目のものを本国から持ち出して換金したのでは、すぐ出所がばれてしまう。

「よくあんたの小説のお陰で正体がばれなかったものだな」

「当時、似たような境遇の人間は掃いて捨てるほどいたのだ」

「なるほど。で、今はどこの病院にいる？」

「東京の聖フランシス医科大学病院だ」

「名前は」

「安藤、安藤重次《しげじ》という名を使っている」

圭介は清水と顔を見合わせた。

「会いにいってみるか」

「じゃなきゃ、謎《なぞ》は解けそうにありませんね」

「そんな体で行くのかね」

辺見は眉をひそめた。

「どうということはない。それよりあんたは作品を早く仕上げることだ」

「とてもそんな気分ではない」

辺見は首を振った。

「俺《おれ》のことなら心配はいらん」

「君にとってはその程度のことかも知れんが――」

「強制されても書く気にはならないか」

辺見はむっとしたように圭介をにらんだ。

「儂が何のためにここを選んだと思うのかね。自分にとってベストのコンディションを整えるためだ」

「オーケイ、ようするにあんたの良心の呵責《かしやく》さえ何とかすればいいのだな」

辺見は理解できぬように圭介を見つめた。圭介は清水にニヤッと笑っておいて、トレーナーをまくり上げた。老人がそれを見、次いであっけにとられたように圭介と清水を見比べた。

「……いったい、これはどういうことだ……」

「朝から俺が食ったレアーステーキを覚えているか。それとここの女の子からもらったコンドームが手品の種だ」

傷ひとつない腹にトレーナーをおろして圭介はいった。

「すると、あれは儂をだます芝居だったというのか……」

「清水が小便をしにいったふりをして、拳銃《けんじゅう》を地面に向け撃った。俺は隠しておいた即席の血糊《ちのり》袋に穴をあけたという次第だ」

辺見の顔が見る見る朱に染まった。

「何という、卑劣な。儂をペテンに……」

言葉が出てこないようだった。腰をうかせ、圭介をにらみつけた。

「こうでもしなけりゃあんたの口が開きそうになかったのでね」

「貴様……」

不意に力が抜けたように、辺見はどすんと腰をおろした。うつむいて肩を震わせ、黙りこんだ。

清水がその後ろ姿から、圭介を見やった。同情とおかしさのまじった目をしている。

突然、辺見が顔を上げた。

「まったく……」

笑っているのだった。肩を震わせ、目に涙をためて大笑いをし始めた。

「君という男は……」

圭介があっけにとられる番となった。辺見が笑い止《や》み、圭介に指をつきつけた。

「悪党め。儂にこんな思いをさせたのは、君が初めてだ」

「光栄だな」

圭介はぼそっといった。

「原稿を書く気になったか」

「ああ。書くとも。まったく、見事にはめられたものだ」

辺見は感心したように首を幾度も振った。圭介は清水に目をむいて見せ、立ち上がった。

「この旦那《だんな》が原稿を書き上げるまではりついていてくれ。俺は東京に戻る」

「ひとりで大丈夫ですか」

気づかわしげに清水は訊ねた。

「強敵がいるのは、東京よりもむしろこちらだ。死にかけている男ひとりぐらいは、何とかなるだろう」

「ボディガードはいますよ」

「いるだろうが、羽澄や前川とはちがうさ」

清水は肩をすくめた。

「いつ発《た》ちます？」

「今夜にでも。ただ、奴《やつ》らが何もしかけてこないのが気になる」

「油断はできませんよ」

「わかっている。晩飯のときに会おう。先生の執筆を邪魔しちゃ悪いからな」

ドアを開いて、圭介はいった。辺見はすでに膝の上の原稿に目を戻していた。書く気になったというのは、本当のようだ。

圭介は思った。

16

辺見が語ることをこばんできた話を知ってもなお、圭介の心にはひっかかるものがあった。

犯人は本当に松井直吉なのか。

老作家は自分の弟がそうしたと信じこんでいる。あるいは、まだ圭介には話してはいない、何か確かな根拠があるのか。

部屋に戻っても圭介は考えていた。

とりあえず東京に戻り、聖フランシス医大病院の安藤という患者を洗うことだ。一両日もあれば可能だろう。

ベッドサイドの電話が鳴り、圭介は取り上げた。

真子だった。

「あの、実は先ほどお部屋に忘れ物をしてしまって……」

困ったような声が流れ出た。

「何を？」

「それがちょっと——」

下着でも忘れていったのだろうか。圭介は情事を思い出して、ベッドを見やった。

「これから取りにうかがってよろしいでしょうか。今までお留守だったようなので」

「いいとも。これからは部屋にいる。いつでも取りに来たまえ」

このクラブを出て行き、また戻ってくる手続きについて、真子に訊《き》いてみようと圭介は思った。確か、敷地を出て行くには、フロントの許可が必要であると、彼女はいっていた。

ドアチャイムが鳴り、圭介は立ち上がった。魚眼レンズをのぞくと、真子と、その背後に制服を着た若い男が立っている。迎車を運転していた高橋と同じ、紺のブレザーだ。

ドアを開き、二人を入れた。

「いったい、どこに忘れたんだ」

男と真子を見比べて訊《たず》ねた。真子が困ったような表情をうかべて頷《うなず》き、部屋を見回した。

「申しわけありません」

制服の男があやまり、圭介は答えた。

「別にあやまるほどのことじゃないさ」

真子に目を移したとき、男が拳銃《けんじゅう》を抜いた。真子が泣き声をたててしゃがみこんだ。

「辺見俊悟はどこにいる」

サイレンサーを装着したベレッタミンクスの不格好な銃身を、圭介は苦い気持で見つめた。

「というわけか」

「というわけだ、高松。辺見俊悟は自分の部屋にはいないな、どこだ」

清水の存在を知らないようだ。おそらく、この男が、羽澄の部下村田だろう。銃も符合する。オートバイから圭介のアストンマーチンを狙撃《そげき》した男だ。

三十そこそこといった年齢だった。髪を短くそろえ、苦味ばしったなかなかの男前だ。

「東京に帰ったよ」

圭介は村田の顔を見つめ答えた。

「とぼけるじゃないか」

嘲《あざけ》るように村田はいった。

「俺《おれ》がここにいるのは、お前や羽澄たちの目を釘《くぎ》づけにするためだったんだ」

「すぐばれる嘘《うそ》をつくのは頭がよくないぜ。・22のちっぽけな弾《たま》だと思って見くびってるんじゃないだろうな」

「いや、内心恐がってるのさ。環七で俺と辺見を撃ちそこなったお前の腕じゃ、あの世に行くまでずいぶん時間がかかるだろうな」

「いうじゃねえか」

「そいつを使って一発で仕留めるには、ハンパな腕じゃ駄目なのさ、それができるかな」

「試そうか」

銃口が圭介の胸をにらんだ。

「試して成功すりゃ、辺見の居場所はわからなくなるぜ」

「この娘に訊くまでさ。お前さんより素直だからな」

真子が怯《おび》えで顔をひきつらせた。村田と圭介を交互に見つめる。

「羽澄や前川も俺を見くびったものだな。お前のような前座をよこすとは」

「その前座にしてやられた貴様は、どうしようもない間抜けだな」

「まったくだ」

圭介は溜息《ためいき》をついてみせた。

「せめてもの慰めは、辺見がここにいなくて、殺《や》られるのが俺ひとりですんだということか」

「辺見の居場所さえ話せば、貴様を生かしておいてもいいんだ」

「そんなことをしてみろ、羽澄にどやされるぞ。第一、この娘はどうする」

「あんたに説得してもらうさ」

村田は無気味な笑いをうかべた。

「どうやって」

「任せる。その前に、辺見の居場所を訊こうか、どこだ」

所詮《しょせん》、アマチュアだ。知りたいことを訊き出すのに時間をかけすぎている。村田の緊張の糸がじょじょにゆるんできているのを圭介は感じていた。

「病院だよ、東京の」

「病院？」

「ああ。聖フランシス医大病院」

村田の表情には何の変化も表われなかった。

「そんなところで何をしている」

「病院ですることといえばひとつだ。治療を受けているのさ」

「何の」

「爺《じい》さんには糖尿の持病があってな。ここへ来るふりをしておいて、入院したわけだ。お前たちは、まんまとしてやられたんだ。誰から手に入れた情報かは知らんがな」

このクラブの関係者が一味に加わっているのか、圭介は村田の表情を見つめた。村田は考えていた。だが、首を振った。

「いや、信用できんな。確かにここに辺見の爺《じじ》いはいるはずだ」

「なぜわかる」

「貴様よりは信用できる情報源がいるからだ」

「どうせ、羽澄からのまた聞きだろう」

圭介と村田は二メートルの間隔をおいて、向かいあっていた。二人の中間、圭介から見て左側に、真子がしゃがみこんでいる。

「嘘だと思ったら、彼女に訊いてみることだ。辺見の爺《じい》さんは確かにここにはいない」

村田の目が初めて、圭介を離れた。しゃがみこんだ真子はまだテニスウエアを着たままだった。その太腿《ふともも》に、村田の目が留まった。

一発だけだ――一発だけなら死なずにすむ。圭介は思っていた。相手は22ショートに、サイレンサーをはめている、殺傷力がかなり弱まっているのだ。

左膝《ひだりひざ》を折りながら圭介は体を右に開いた。右手が脚のナイフにのびる。体が覚えた一連の動作で、手を振った。

村田の銃口が真子の方を向いた分、そして圭介が体を開いた分が、村田の反応を遅らせた。反射的な村田の発砲は、初めに圭介が立っていた位置に向けてだった。圭介の左頭上を弾丸が通過した。圭介のナイフは絶対に外れることのない距離から手を離れた。

村田の鳩尾《みぞおち》に突き刺さる。

拳銃を放し、村田はナイフの柄《え》に両手をのばした。膝がゆっくりと折れる。

フイゴのような息が村田の口から洩《も》れた。

圭介は駆けよって、その両肩を抱きとめた。涙をうかべた目が圭介を見つめた。唇がわななないたが言葉にはならない。

「羽澄と前川はどこにいる」

「……くそったれめ……」

村田は罵《ののし》った。

「必ず、お、前、をころ、殺しにく──」

「俺たちがここに来ることを誰から聞いた、え?」

「………」

「医者を呼んでやる。俺も人殺しにはなりたくない」

「マネ、マネージャー、といっていた。ま、松尾……」

圭介は真子を見た。張り裂けそうに瞠《みひら》いた目で、圭介と村田を見ている。

「そういう人間はいるのか?」

答えなかった。圭介は、口元に押しあてた真子の手を摑《つか》んで揺さぶった。

「松尾というマネージャーはいるのか?」

真子が瞬《まばた》きをし、その目に表情が戻った。

「え、はい、はい」

圭介は村田に向き直った。

「よし。今度は、羽澄と前川の居場所だ」

「知らん、知って、知っていても、誰が、きさ、ま、なんかに……」

村田の目から意識が遠のきつつあった。圭介はその頬《ほお》を平手で殴りつけた。

「いいか。喋《しゃべ》らなければ、お前は死ぬんだぞ、死ぬんだぞ！」

村田の表情に初めて恐怖が漲《みなぎ》った。

「嫌だ、死にたくない」

血色を失った唇で呟《つぶや》いた。

「じゃあ、どこにいる」

「こ、今夜、襲ってくる、どうやるか、お、お前な——」

不意に大きく口を開いた。圭介はその口を塞《ふさ》いだ。子供が泣きじゃくるような悲鳴を、村田はたてた。

泣き声が続いた。真子が両耳を塞いで、床に額を押しつけた。

突然、泣き声が止《や》んだ。圭介は、血と唾液《だえき》に汚れた掌を持ち上げた。村田の首に回した左腕にずっしりと重みが加わっている。圭介はそっと、村田の頭を床におろした。汚れていない方の掌で、村田の瞼《まぶた》を閉じてやった。

東京に戻るのは先になりそうだった。

「ウエイティングルームがちょうど私ひとりになったんです。そうしたら、この男の人が入ってきて……。制服を着てるけど変だなって思ったら、いきなりピストルを抜いて……」

泣きじゃくりながら真子がいった。

「もう大丈夫だ」

慰めてやっておいて、圭介は立ちつくしている松尾というマネージャーに目を移した。電話で、圭介の部屋に呼びつけたのだった。

松尾は四十がらみの、頭が薄くなりかけた男で、クラブのホテル部門のマネージャーをしているということだった。部屋に来ていきなり、床に倒れている血まみれの死体を見せられ、蒼白《そうはく》になっていた。

「この死体を始末するのはあんたの役目だ。あんたがここへ呼び寄せたのだからな」

「そんな……」

松尾は唇をわななかせた。色白で上品な面立《おもだ》ちなのだが、性格の弱さが目に表われている。

「いったい、幾ら貰《もら》った？」

「私には何のことか……」

「とぼけない方がいいぞ。このままじゃあんたは殺人未遂の共犯だ。俺は正当防衛だからな。罪はそちらの方が重いことになる」

「私はただ……」

「ただ？」

「送られてきた手紙の指示通りに、辺見様のおこしをお知らせしただけです」

「この男の仲間に制服を貸したな？」

松尾は答えなかった。だが目の動きと口の震えが肯定していた。

「この男が何をしたかは、今彼女の口から聞いたはずだ。出る所に出れば、ことはあんたひとりの罪じゃすまなくなるぞ」

「どうすれば⁉」

弾《はじ》かれたように松尾が叫んだ。

「まず彼女を何とかしてやることだ。このままではかわいそうすぎるぜ。死ぬほど恐い思いを味わったんだ」

泣きつづけている真子を、圭介は指した。

「はい、それはもう……」

松尾は頷いて、真子の傍《かたわ》らにしゃがみこんだ。肩に手をかけ、猫撫《ねこな》で声を出す。

「鮎川くん、鮎川くん。さ、もう泣かないで。悪い夢を見たと思って……」
聞いていられずに、圭介はそっぽを向き、煙草《タバコ》をくわえた。人を殺したのは、それもはっきりと自分の手で殺したとわかっている殺人は、数年ぶりだった。日本でしたのは初めてである。

法によって裁かれる、という恐怖心はなかった。松尾に向けた言葉は、いくぶん大げさだとしても、あの場合、村田に対してナイフを使わなければ、確実に圭介は殺されているのだ。行為への後悔はなかった。

村田は圭介の口から辺見の居場所を聞き出せば、二人をクラブの敷地から連れ出しておいて殺すつもりであったにちがいない。

あるいは、村田は羽澄に相談することなく独断で乗りこんできたのかもしれない。羽澄は、清水が辺見のボディガードに加わっていることを知っているはずなのだ。第一、羽澄ならば、このような計画性のない手段はとらないだろう。

ようやく泣きやんだ真子が立ちあがった。赤く腫《は》れた目で圭介を見つめた。

「とても恐かったけど、圭介さんが助けてくださったんですよね」
「巻きこんでしまったのも俺だ」
「もうそれはいいんです。ありがとう。助けてくださって」
「また会おう」

圭介は無表情で答えた。真子は大きく頷くと、部屋を出ていった。松尾が見送り、圭介にいった。

「彼女には有給休暇を与えることにしました。グアムにクラブの支部がありますので、そこへやります」

「死体の処理がすんだらどうにかしようというのじゃないだろうな」

「とんでもない！」

松尾は首を振った。

「本当に私は、このようなことになるとは思わなかったのです。信じて下さい」

「手紙というのは何だ？」

松尾はうなだれ、上着のポケットからハンケチをとり出した。額の汗をぬぐう。

「私が馬鹿だったんです。初めは、辺見様の御利用日程を教えれば五十万円やるという内容でした。それでためしに、返事を私書箱に送ったところ、本当にお金が送られてきて。次は制服を三着都合すれば、百万やるという内容でした」

「それはいつのことだ」

「最初のがひと月前、制服は二日ほど前でした」

羽澄たちは完全に先回りしていたのだ。圭介は唇をかんだ。辺見のスケジュールを完全に把握したうえで、東京で失敗した場合に備えていたにちがいない。

「私書箱というのはどこだ」

「東京です」

「制服もそこに送ったのか」

だとすれば間に合うはずがない。

「いえ、――駅のコインロッカーのキイが送られてきたんです。そこに百万入っていました。かわりに服を入れ、鍵《かぎ》をかけておけ、と」

駅の名は圭介が昨日、着いたところだった。コインロッカーのキイなど、合鍵を作っておくのは容易である。羽澄らしいやり口だと、圭介は思った。ぬけ目がない。

「手紙はあんたの自宅に送られてきたのか」

「ゴルフ場あてでした」

「署名は無論なしか？」

今度は松尾が泣き出しそうな顔で頷いた。

羽澄の背後にいる人間は、かなり辺見と、その周辺の事柄について詳しいようだ。圭介は思った。

圭介は電話をとり上げた。

清水の部屋にかける。

「阿嶋だよ、代わってくれ」

辺見が受話器に出た。仕事を中断されたせいか、不機嫌な声を出している。どうやら、この老作家にとって、清水の存在は仕事の邪魔にはならぬらしい。

圭介は思った。

「俺だ。松井はこのクラブのメンバーなのか」

「なんだと……」

辺見は絶句した。

「どうなんだ」

「どうなのかな。このクラブ内で見かけたことはない。名簿など見たこともないしな」

「あることはあるのだな、名簿というのは」

「肩書きなど何ひとつのっていない、名前だけの名簿ならばある。ただし、偽名を使ってもかまわぬことになっておるらしいが」

「わかった」

「何かあったのかね」

「いや、何でもない。また連絡する」

圭介は電話を切り、松尾に向き直った。

「このクラブの名簿と見取図を持ってくるんだ。それから、今夜中に、この死体を誰にも知られず処分する方法を考えることだな」

松尾は悲愴《ひそう》な表情をうかべて頷いた。

圭介は腕時計を見た。午後七時十三分。

羽澄と前川が今夜中に襲ってくると、村田はいいのこして息絶えたのだ。

松尾がいわれた通りの品を持って到着した。圭介は彼に手伝わせて、死体を予備のシーツでくるんだ。もうほとんど血が出ていないのを確かめると、ナイフを抜き、ベッド上に死体を転がせた。

「あんたの名でもう一部屋この階に確保することができるか」

松尾は青ざめた面持で頷いた。もう覚悟をきめているようだった。

「よし、俺はそっちに移らせてもらう。死体はどうするつもりだ？」

「発電所の裏に、廃棄物をストックしておく倉庫があります。その裏山には誰も近づきませんから、そこへ埋めようかと……」

「いいだろう」

圭介は頷いた。東京での事件を考えれば、警察の介入は好ましくなかった。だが、それは羽澄や前川にとっても有利なはずだ。村田は本来の任務を逸脱して圭介を襲ったのだ。自分の手で、前回の失敗を帳消しにしたかったのかもしれない。今頃は、羽澄も、村田の二度目の失敗に気づく頃だ。

新たな部屋は、辺見の部屋の隣だった。どうやらこの階には、辺見の注文で他の客を泊めてはいないらしい。もっと早く確認しておくべきだったと、圭介は後悔した。

くどくどと言い訳をつづける松尾を部屋から追い出した圭介は、ライティングテーブルに見取図と名簿を広げた。

「タチバナカントリークラブ、特別会員名簿（日本在住）」と記された、白表紙のそっけない小冊子である。アイウエオ順で記載されていないのも珍しかった。肩書きもなく、あるのはただ姓名と電話番号のみである。

だが名前をアトランダムに並べているとは思えない。圭介はページをくった。

記載されている会員数はおよそ一千人足らずで、圧倒的に多いのが一流の財界人である。続いて保守系の政治家、それも陣笠《じんがさ》クラスは入っていないようだ。

名門の歌舞伎《かぶき》役者、建築家、画家、といった顔ぶれもある。中ほどまでページを進めて、圭介は気づいた。どうやら、会員としてのキャリアと年齢の高い順に名前を並べているようだ。

幾つか興味深い名ものっている。引退し、行き先が騒がれているプロ野球の名選手や、高名な新劇俳優なども含まれていた。外国人の部が巻末にあり、西欧圏の大使の名が並んでいる。

松井直吉の本名である、安藤重次の名はなかった。偽名を使っていればそれまでである。圭介は小冊子を閉じた。

煙草に火をつけ、腕時計を見やる。八時三十分を過ぎていた。空腹は感じなかった。羽澄と前川がこのクラブの制服を手に入れている以上、ルームサービスの食事を頼むのも危険である。

毒殺も可能なのだ。

だが、圭介は二人が別の襲撃プランを持っているような気がしてならなかった。清水と圭介がボディガードについていることを彼らは知っている。これは、彼らに対する挑戦である。

羽澄も前川も本質的には殺し屋ではない。経験を積んだ兵士なのだ。兵士は毒殺といった手段はとらない。正面、あるいは背後からの奇襲攻撃、相手が斃《たお》れるのを自らの目で確かめようとするはずだ。

すでに清水にだけは、村田の襲撃失敗を、電話で話してあった。

「今夜といったのですね。奴《やつ》が今夜といえば、必ず今夜、襲ってきます」

清水はそう答えたものだ。

圭介は名簿を床に落とし、下に広げてあった見取図に目を向けた。

正面の、山からの進入路を境に、左手がゴルフ場、右手が庭園、テニスコートである。中央にロータリーを備えたホテルが建ち、その右手奥にドーム状の太陽熱反射機が設置されている。圭介の乗った車からは見えなかったが、その反射機の裏側に、小型の発電所が建てられているのだ。廃棄物のストック庫、巨大貯水槽もそこに隣接している。途方もない費用がかかったにちがいない。

そこで発電された電力は、いったん、反射機とホテルの中間にある、変電施設に送りこまれた後、施設に供給されるといった具合だ。

反射熱は、集中的に、テニスコートの手前にある屋外プールとその周辺に送りこまれる。

真冬でも天気さえよければ、水泳を楽しめる仕組になっているのだ。しかも荒天時には、強化ビニールシートの透明ドームがプールを被《おお》い、屋内温水プールと化すこともできる。プール、テニスコートへは、それぞれホテルから通路がのび、外気にあたることなく入場することができる仕組だ。

無論、照明さえ点灯すれば夜間の使用も可能で、これはゴルフ場についてもいえる。

ゴルフ場の奥、カートまたはマイクロバスによって移走される地点に馬場がある。厩舎《きゅうしゃ》も備えた立派な牧場である。

敷地全体の広さはおよそ百万坪あり、そういったスポーツ施設の周辺は遊歩道がとりまいている。

その遊歩道の向こう側が山間部で、進入路をのぞけば完全に、交通手段からは遮断されている。ただ、山間部を徒歩で走破してくる者にとっては別だ。日が落ちてしまえば、これだけ広大な地域に侵入することなどいくらでも可能である。夜間、昼間を問わず、ジープに乗った警備員が巡回しているらしいが、それとてこそ泥や野生動物の侵入を防ぐ程度の役にしかたたないだろう。羽澄や前川ならば、よしんば発見されたとしても、難なく警備員の口を封じることができる。現に、村田も制服を使い、易々《やすやす》と侵入してきた。

どうやって来るか。

圭介は椅子にもたれかかった。

17

見取図の上には、村田から取り上げたサイレンサー付きのオートマティック、ベレッタミンクスがおかれている。ナイフはすでに脚の鞘《さや》に戻してあった。

襲撃を夜間に決行する最大の利点は何か。

闇《やみ》である。襲撃者の位置、および移動を標的に気どられることがない。守備は闇の中で混乱する。ただひたすら標的の傍にはりついている他はないのだ。

だが攻撃は——攻撃は、相手を選ばない。標的を斃《たお》したと確信するまで、撃ち続けることができる。しかも、退路を塞《ふさ》がれる気遣いはない。それをする可能性のある人間は標的とともに殺してしまえるからだ。

このホテル内に、圭介と清水の他に、彼らの敵となる存在はない。彼らが唯一、注意をしなければならないのは自分らの正体が暴かれることである。

となれば――。

圭介は目を開いた。第一に彼らが取るであろう手段に思い当たった。

電話器をひき寄せた。

「阿嶋だ、爺《じい》さんはどうだ」

「執筆中です。さっきまでは一心不乱の状態でした。高松さんのジョークがよほど気に入ったらしい」

受話器の向こうで清水が低く笑った。

「少しこっちに来られるか」

「先生を放ってですか」

「大丈夫だ。まだ今のうちは奴《やつ》らは来ないさ。起きている人間が多すぎる」

「了解」

入ってきた清水に、圭介は椅子を勧めた。清水はゆったりしたジーンズにTシャツをつけ、スイングトップを着ている。スニーカーをはいた足元が、臨戦態勢であることを語っていた。

「ベレッタミンクスか。向こうじゃ情報部の連中がよく使っていた」

清水はライティングテーブルの上に置かれた拳銃《けんじゅう》を取り上げていった。弾倉を引き出す。

「一発か二発しか撃っていませんね」

ベレッタミンクスは弾倉に六発入る。薬室内に一発送りこんでおいて、補充すれば七発を持ち歩けることになる。拳銃には五発の弾丸が詰まっていた。

「一発だ」

圭介は答えた。清水は頷《うなず》くと、元通り薬室に初弾を送りこみ、ハンマーをハーフコックにして安全装置をかけた。グリップを上にして、銃を圭介に返す。

「真夜中過ぎ——と考えているんですね」

清水は椅子に馬乗りになって煙草《タバコ》をくわえた。スイングトップからジッポを取り出し火をつける。ライターをつかんだ左手の刺青《いれずみ》を見るともなく圭介は見つめた。

清水の店「ＡＸ」の帰りに、河合の死体を見つけてから五日間しかたっていないのだ。なのに、えらく昔のことのように思えた。

「奴らはまず、発電所か変電施設を襲うだろう。時限爆弾を使うかもしれん」

清水は指を鳴らした。

「そっちですね。時限爆弾ですよ。連中は私たちのいる階を知っているはずだ。とすれば、建物の中が真っ暗になった瞬間に、踏みこんでくるでしょう。一人が援護して、一人が掃射する。このパターンで、この階の部屋をシラミ潰《つぶ》しにやっつけるつもりです」

「爆発の程度によるが、復旧までには三十分以上はかかるはずだ。連中はその間に、非常階段を伝って逃げるか」

「制服もあるんです。そいつを着こんでくれれば、誰にも見咎《みとが》められずにすむ」

「ただし、真っ暗になればこちらも警戒するぜ」

「その暇を与えないほど素早くやる気でしょう。だから時限爆弾が必要なんだ。自分たちの手で壊してから動いたのでは遅すぎる」

「どっちで待つ？」

　圭介の問いに、清水は眉《まゆ》を吊《つ》り上げた。

「奴らが爆弾をしかけに来るのを迎えうつか、それともここで迎えうつか」

「後のことを考えれば、発電所か変電施設ですな。ここで撃ちあっちゃ大事になる」

「だが、すでに奴らが仕掛けてたとしたら？」

　圭介は訊《たず》ねた。圭介の問いに、清水は探るような視線を向けてきた。

「村田がなぜ、独りでここに乗りこんできたと思う？　単なる斥候《せっこう》じゃないはずだ」

「私が鈍かった」

　清水は呻《うめ》くように呟《つぶや》いた。

「いつかの前言を撤回します、二軍は私の方だ。村田は変電所かどこかに時限爆弾を仕掛けに来たにちがいありません」

「俺《おれ》の部屋に押しこんできた時、奴は何も持っちゃいなかった。ということはすでに仕掛け終わっているというわけだ」

「電気施設ならいいですがね」

清水のつぶやきに、圭介はぞっとして足元を見やった。その通りだった。この階の空き部屋のどこかか、それとも下の部屋の天井や上の部屋の床に仕掛けられていたとしたら、逃れる術《すべ》はない。

が、圭介は考え直した。

「村田は爺さんが自分の部屋にいないことを知っていた。もし、どこにいるかを俺から訊《き》き出すつもりなら、爆弾も持ってきたはずだ。誰もいない空き部屋を吹っ飛ばしても意味がないからな」

「すると——」

清水は煙とともに溜息《ためいき》を吐き出した。圭介はさえぎっていった。

「いや、それでも方法はふた通りある。俺たちの手で爆弾を取り外して、奴らが不審に思って調べにくるのを待ちうける、か、部屋だ」

「村田が帰って来ないことで、連中は何かが起きたことは勘づいています。ですが、どちらにしても爆発の時間までは待つでしょう。このクラブから出て行く道は一本です。そこを見張ってさえいれば、私たちがまだクラブ内にいることを連中は知るわけです」

村田がハネ上がって、圭介を襲おうとしなければ、今夜の襲撃も、時限爆弾のことも、わからずに、殺される羽目になったろう。圭介は思った。

「爆弾を取り外せると思うか」

圭介は訊ねた。清水は頭を振った。

「わかりませんね。おそらくプラスチック爆弾だと思いますが、時限装置を組み立てたのは前川でしょう。奴はそういう訓練を受けていますからね。問題は、仕掛けた場所です。発電所や変電施設といったってそんなに小さなわけじゃない。それに、変に取り外そうとすれば爆発する仕掛けになっているでしょう」

「となると、方法はひとつか」

「すでに先手をうたれているわけですから」

「爺さんはここを避難するなんて考えは露ほども――」

「持っちゃいませんよ。明日か明後日には、作品を書き上げられそうだとかで」

清水が無表情で頷いた。

「わかった」

圭介は見取図をひきよせた。

「このホテルに階段は二種類ある。ひとつは両側の外壁に取りつけられた鉄製の非常階段、ひとつは建物内に入っている、普通の階段だ。入ってくるときは、奴らは必ず、外壁の非常階段を使うだろう。誰にも見咎められないようにな。爆発が起きるまでに、この階の外側まで、奴らは辿《たど》り着いているはずだ。爆発と同時にこの階に入りこむ、そんな手段だと思うが、何かつけ加えることはあるかい」

清水は見取図をのぞきこんでいった。

「外壁と建物内を通じるドアはおそらく施錠されていないでしょう。鍵《かぎ》がかかっていては非常階段の意味がありませんからね。問題は連中が、どういう手順でこの階の部屋を攻めるかです」

廊下をはさみ、部屋は一階《ワンフロア》に二十室ずつ入っている。中央のエレベーターホールから左右に十室、五室ずつ向かい合わせという設計だ。外壁の非常階段は建物の両翼にあり、どちらからでも廊下に入ることはできる。

ホテルの正面から見て、中央エレベーターホールの右側三室が、圭介、清水、辺見の部屋である。エレベーター寄りに圭介の部屋、隣が、今辺見がいる清水の部屋、向かいに無人の辺見の部屋がある。

「散開して各部屋を攻めるには連中も人数が少ない。そうなれば」

「いぶり出しだな」

「ええ」

清水は頷いた。

「火事を起こす、あるいは起きたと思わせる。中央で待ちうけて、出て来たところを軽く撃ち倒す」

「俺たちが待ち伏せるとしたらどこだ」

「奴らがどちらの外壁の階段を使うかによります。外壁のドアを開けて、廊下に入ってくるときはすでに、この建物は真っ暗になっています。ということは連中の姿がこちらには表をバックにくっきり見えるわけです」

「どちらにしても、入りかけた瞬間を狙《ねら》うわけだから、扉の近くということだな」

「ええ」

清水は頷いた。

「ふた手に分かれなくてはなりません。ところが相手は二人とも同じ扉を使います」

問題はホテルの建物自体の形だった。内側に反《そ》るような弧を描いているのだ。つまり、廊下の端から端を見通すことはできない。

圭介は清水の目を見つめた。

「二対一、の勝負になるわけか」

「最初は。無論、反対側の扉を見張っていたどちらかもすぐ応援に駆けつけるわけですが」

　それがどれだけ厳しいハンディになるか、圭介にも見当がついた。村田にすら、サイレンサー付きのオートマティックをあてがえる羽澄と前川が、どの程度の火力を備えてくるか、想像しただけで自分たちとの差は歴然としている。

「奴らの装備は？」

「村田の仕掛けた爆弾に対する連中の信頼度でしょう」

　完全な闇を味方にすることが可能ならば、どれほど大げさな装備を持ちこもうと、他のホテル内の人間に見られる気遣いはないのだ。それを見る人間は確実に死ぬ、ことになる。

「ただ、おそらく爆薬は使わないと思います」

「なぜだ」

「影響が強すぎます。階下まで床をぶち抜いたりすれば大騒ぎになりますからね。連中も二人で、このホテル内の人間を皆殺しにするつもりはないでしょう」

　殺したいのは、辺見と、それを阻もうとしている圭介と清水の三人なのだ。

「まったく」

　圭介は溜息をついて苦笑した。

「とんでもないことにあんたを巻き込んだな」

「志願兵ですからね、文句はいえませんよ」

清水はニヤッと笑った。

「氷を割っている時よりは楽しそうだな」

「やっぱり引退ですね。羽澄や前川を殺せば、どのみち復帰は難しいでしょうが」

依頼人次第で敵味方に分かれる傭兵《ようへい》とはいえ、羽澄とはかつて同部隊にいたこともあるのだ。清水の言葉に、圭介は頷かざるをえなかった。

「勝つことしか考えていないのだな」

「ここは戦地じゃない。高松さんとちがって私は長いですからね。ここでの戦いは一度で終わりなんです。戦地はちがう。一人が死ねば、それだけ兵力が落ちる。つまり、残りの部隊全員にとっても深刻な問題なんです。逆に平和な国では、死ねば死んだでそれきりです。おかしな考え方ですが、あなたが死んで私が生き残っても、私に危険が残るわけじゃない。羽澄たちは、辺見先生さえ殺せばいいのですよ。私やあなたが警察にかけこむとは思ってないでしょう」

「それはどうかな」

「あなたはしない。結局、あなたにとってもこれはゲームなんです。警察なんて厄介な代物《しろもの》を巻き込まなければ、充分楽しめるゲームなんだ。命を賭《か》けてね」

「自分が死んだ後のことは考えないのかい」

「ええ」

清水は頷いた。

「考える必要もないことでしょう。いつだって私が死ねば、『ＡＸ』の処分がされるよう弁護士に任せてあるんです。私には身寄りもいないし」

笑顔になって続けた。

「充分、楽しんだと思っています。退屈はしなかった」

圭介は咥《くわ》えていた煙草を灰皿におしつけた。

「喋《しゃべ》りすぎるよ。友達がいなかったわけじゃない」

清水は笑顔を消した。ふっと真顔になった。

「大丈夫です。私にとって一番の友人はここにいますよ。それに、私がその人をなくすことはあっても、その人が私をなくすことはない。なぜなら、私が死ぬときはあなたも死んでいる」

「自信があるんだな」

圭介は乾いた声でいった。

「ええ。戦いを、こなした数だけのね」

清水は呟くように答えた。

曇っていた。圭介と清水はホテルの外壁に取りつけられた非常階段の踊り場に立っていた。建物に向かって右手の非常階段である。

清水が鉄板の踊り場の上で足踏みをした。

コン、コンという小さな音がした。

「大した足音じゃないな。忍ばそうと思えば簡単だ」

清水は頷いた。

圭介はあたりを見回した。日が落ちると、夜気はさすがに鋭い。前方にも背後にも、稜線《りょうせん》がくっきり見えた。黒く形を表わしているのが山で、その向こうでおぼろに灰色なのが空だ。

建物の明りは、クラブ内をのぞけばまったくといってよいほどない。

真下の位置にプールとテニスコートが見える。ふたつとも今はドームがはられ、夜間照明が入っていた。左手奥に太陽熱反射システムと、発電所がある。圭介の位置からは、五百メートル近く離れていて、途中を、水銀灯のついた庭園が埋めている。人影は少なかった。

圭介は建物の窓に目を転じた。圭介がいる八階をのぞけば、各階、二、三部屋ずつに明りが点《とも》っている。八階だけは、全室に明りが点り、くっきりと建物に白い帯をまとわせたようだ。

当然、羽澄と前川は襲撃の前に、どの部屋が使用されているかを確認するはずなのだ。そのための攪乱《かくらん》作戦だった。だが、そんなものが気休め程度であることは、圭介にもわかっていた。圭介と清水がくい止めなければ、辺見は確実に殺されるのだ。

「連中が我々の部屋を知っているとすれば、当然右側の、この階段を使って入ってくるはずだ」

圭介はいった。

「ですが我々が馬鹿じゃない限り、他の部屋に辺見先生を移していることも、奴らは知っています。イタチごっこですよ。他の階に移すことも可能なんです」

八階の、使用されていない部屋の鍵を次々に開けて回った清水がいった。

「羽澄や前川も、今夜は決着をつけるつもりでしょう。八階にいなければ、フロントの人間をしめあげて、建物をシラミ潰《つぶ》しにする覚悟ですよ。二度できる襲撃じゃありませんからね」

「ここで勝負か」

「こちらは私が守ります。高松さんは反対側の左手に回って下さい」

圭介は清水を見た。が、言葉は出てこなかった。確かに危険度の高い扉は、清水に任せた方が安全なのだ。たとえ、ゲームにしても勝たなければ、生き残る途《みち》はない。そのためには、清水に右手を任せる方が賢明だった。

反対側の扉を確認し、九時三十分になると、圭介と清水は辺見を訪ねた。

二人を部屋に迎え入れた辺見は、仕事を中断されいらついていた。年齢には合わぬ脂を顔に浮かべ、眼がぎらついている。一種の興奮状態にあるようだ。

圭介にはそれがわかった。原稿を書き出し、ある段階を越すと、頭が考えるのをやめ自然に文章の中に入ってゆく。その期間、自分でも最も納得のいくものが書けるのだ。醒《さ》めてしまうと、戻るのは難しい。

だが今はそれにかまっているわけにいかない。圭介はいった。

「今夜、あんたを殺しに奴らが来る」

「確信があるのかね」

自室から運びこんだ坐《すわ》り机の前にアグラをかいた辺見が訊ねた。指には、太いモンブランをはさみ、二点焦点式の眼鏡を額にずり上げている。

「ある。仲間の一人から聞いた」

圭介をにらんだ。口を開いたのを制して、圭介はいった。

「今度は芝居なんかじゃない。奴らはたぶん、爆弾を使って、このクラブの電源を破壊するつもりだ」

「それは大変だ。原稿が書けなくなる」

「命もなくなりかねん」

「その問題は君らに任せてある」

辺見はいって、原稿に目を落とした。

「ひとつだけだ」

圭介は追いうちをかけるようにいった。辺見は渋々、面《おもて》を上げた。

「明りが消えたら、すぐにバスルームに入り鍵をかけろ。そして、俺たちが知らせるまで絶対に扉を開くな」

「いつまでかかる」

「すぐに終わるさ。俺たちが来なければ、あんたを迎えにくるのは、殺し屋たちだ。そいつらは、あんたが扉を開けなくともいっこうにかまわん。扉ごしに撃ちまくるだけだ」

「……なるほど」

「そのときには、俺たちは先にあの世にいってる」

辺見は眼鏡を外した。万年筆にキャップを被《かぶ》せ、上半身を圭介に向けた。

「逃げようとは思わんのか。君らが儂《わし》のために死んでも何の得にもならんぞ」

「あんたのために死ぬわけじゃない。勝負に負けたから死ぬんだ」

「面白いことをいう」

「あんたと議論をしている時間はない。いわれたことだけをやってくれ。今夜が片付けば、あんたがどれだけ原稿を書こうと勝手だ。俺は東京に戻って、あんたの弟に会い、なぜ河合を殺したかを訊いてくる」

「それで満足なのかね」

圭介は頷いた。

「ならば儂は君のいう通りにしよう」

「あとひとつある」

「何かね」

圭介は迷った。今夜がすんでからでもいいことだった。

「どうしてあんたの弟があんたを殺そうとするか、という点だが――」

「儂にもわからんと答えたと思うが」

「もし、奴らを倒せたら、話してくれ。あんたが今書いている『陰《かげ》の間《はざま》』の続編の内容だ。そこにしか、動機はないはずなんだ。河合が殺されたことも――」

「わかった」

辺見は重々しく頷いた。

「そうしよう。もう、ほとんど書き上がりかけておるのだ……」

18

各室のドアは内側に向かって開く仕組になっている。圭介は、左端の部屋に入ると、ドアを細目に開き、部屋の明りをすべて消した。

壁によりかかるようにして入口の床に腰をおろす。闇《やみ》に目を慣らしておかねばならない。おそらく清水も同様の体勢をとっているだろうと、圭介は思った。

コーデュロイのパンツの腰にはベレッタミンクスをはさみ、ナイフを吊《つ》るしている。

羽澄と前川は、得物《えもの》に何を持ってくるだろうか。

サイレンサー付きのサブマシンガンあたりが妥当だろう。無論、拳銃《けんじゅう》も持っているにちがいない。前川がナイフの扱いにかけては、右に出る者がない、という清水の言葉を圭介は思い出した。

不思議なものだ。今夜戦う二組の男たちは、どちらも互いに敵意や憎しみを持ってはいない。思想や愛国心のために命をはるわけでもないのだ。

ただ金のため、退屈のため、プライドのために命を賭《か》ける。

松井直吉のモデルとなった男、安藤重次は癌《がん》のため死にかけているという。死にかけた男が、なぜ傭兵《ようへい》をやとってまで、兄である辺見俊悟を殺そうとするのか。

圭介はずっと考え続けてきた。問題を最も複雑化しているのは、安藤重次が余命幾ばくもない、という辺見の話であった。

人が人を殺そうとするのは、激情にかられた衝動殺人でない限り、必ず理由があるはずなのだ。

金か、ちがう。憎しみ、自分の正体を兄が暴きかけたのは三十年も前のことだ。それを今になって復讐《ふくしゅう》しようというのはおかしい。

生命の限界を知り、そのような気持を持つに至ったのではないかと、圭介も考えてみた。だが、どう考えても、それは不自然だ。

身を守るため、何から？　第一、守るべき身が長く生きられないとすれば、成立しない。

堂々巡りだった。

はっきり除外できるのは金ほしさという点だ。兄を殺して財産を継ぐというのは考えられない。それほど金に困っているなら、羽澄や前川をやとうことなどできない。

安藤重次が癌である、というのが偽りだとしたらどうだろうか。自分の存在を死によって偽装しようとしているならば、正体を知る兄の存在などさほど問題ではないはずだ。

だが、何らかの形で、スパイである自分の身に疑惑が持たれているとしたらどうだろう。

偽装工作も決して簡単にはいかなくなる。仮病を使っても、情報機関による調査の前には、あっさり真実が露呈してしまうにちがいない。

しかしそれが辺見俊悟にどう関《かか》わってくるのか。まして河合という一編集者に。

この二人をつなげるのは、作品である。辺見俊悟が書こうとしている小説なのだ。

圭介はそこに、動機の謎《なぞ》を解く鍵《かぎ》があると考えていた。今では他に、何の手がかりもないのだ。

時間のたつのは恐ろしくのろい。

圭介は幾度も腕時計をのぞくのをやめた。ライト内蔵のダイバーウォッチは午前零時近くを指している。

デートの約束をしているわけではない。まして相手はスカートを脱ぎたがっているお嬢さんではないのだ。

ふと圭介は、河合の死体を発見した時に追い返した二人の女子大生を思い出した。

彼女たちとはうまくいかなかった。が、その後、「アマゾネス」のジュリア、カナダから飛んできたはねかえりのリセ、このクラブの真子といった具合に、次々に女たちに恵まれている。

どうやら今夜あたりが自分の生命の期限切れになるので、運命が女運の帳簿尻《じり》をあわせにかかったか。

圭介は闇の中で冷たい笑みを浮かべた。

『充分楽しんだと思っています。退屈はしなかった』

清水はいった。御同様だ。だが、自分の命にはそんな気障《きざ》なセリフを吐けても、他人の命にはそうはいかない。たとえ自分よりうまく敵を斃《たお》すことができるパートナーであってもだ。

圭介は羽澄と前川が、自分の側の扉を訪れてくることを祈った。

そして、辺見という名の老人と清水という無口な酒場の主人を失いたくないと思った。その傲慢《ごうまん》さには腹が立った、だが確かに圭介はあの老作家が好きだった。

圭介が腹部を撃たれた、というトリックの種を明かした時、真っ赤になって怒り、次いで大笑いして素直に感嘆したのだ。命を狙《ねら》う殺し屋同然の連中が襲いに来ることがわかっていながら、最大の心配事は執筆の中断だ、という見事なまでのエゴイズムに魅せられた。

爺《じい》さんの命は渡さない。

傭兵であった自分、目的意識を失った自分、同じ物書きを職業とする自分、そのどれでもない自分のプライドが許さないのだ。たぶん、男である自分だ。職業も過去も関係のない、一匹の男である自分のプライドが許さない。

圭介の右手がベレッタミンクスのグリップに触れた。

腹に響く爆発音が轟いた。部屋の窓ガラスがビリビリと震えるのを聞いた。全館が闇の底に落ちる——みっつが同時に起こったのは、その瞬間だった。

圭介は闇の中で体を半回転させると、腰からベレッタミンクスをひき抜いた。ドアを開き、右眼と右腕を突き出すと、非常口に向けた。非常口の扉は閉まったままだ。

清水の側か？

銃声が鳴った。反対側の廊下からだ。続いて、サイレンサーを取りつけたサブマシンガンのフルオート連射を聞いた。

最初の銃声は清水のブローニングにちがいない。

圭介はドアをひき開けると廊下に飛び出した。右手の壁を盾に、背中をぴったりとつけた姿勢で立った。息を殺した。

階下のどこかで、誰かが叫ぶ声が聞こえた。次の瞬間、サブマシンガンの掃射音が響いた。拳銃の応射が二発。

うかつには走り出せなかった。圭介は横這《よこば》いのままじりじりと進んだ。右手の拳銃は体から直角にのばしている。

腰に隣の部屋のドアノブが当たった。そっと浮かしてやりすごす。

完全な闇だった。何も見えない。

銃声が三発。廊下の彼方《かなた》でフラッシュのような鋭い瞬《またた》きが光ったのを壁が反射した。

初弾で仕損なえば、清水は確実に不利な立場に追いこまれる。援護は絶対に必要だった。だが焦《あせ》って飛び出せば標的だ。

じりじりと圭介は進んだ。ベレッタのグリップが汗で濡《ぬ》れるのを感じていた。

NATO軍用拳銃であるブローニングハイパワーの装弾数は、薬室内を含めて十四発。清水は予備マガジンを持ってきているだろうか。

再び腰にノブが当たる。それをやり過ごし進む。まだ何も見えない。

銃火が光った。が、サブマシンガンのものだ。拳銃ほど明るくはない。サイレンサーのせいにちがいない。

火を噴いている銃口自体は、圭介の視野には入らなかった。建物の壁が邪魔している。

腰にノブ、これでみっつ目だ。

圭介は走りたいのをこらえていた。と同時に疑問を抱き始めていた。清水の拳銃による牽制《けんせい》が長すぎる。

サブマシンガンが二挺《ちょう》あるのならば、一挺で援護し、もう一挺が突入をはかれば簡単に戦いは終わるはずなのだ。それを知らぬ相手ではない。片方が撃ちまくっている間に、その火線を避けて、もう片方が突っこむ。相手を確実に捉《とら》えられるポイントまで来れば勝負は一気につくのだ。だが銃撃の様子はちがった。互いが物蔭《ものかげ》に潜んで撃ち合っているようだ。

よっつ、いつつ目のノブを越し、圭介はエレベーターホールの前に出たことを知った。圭介が立つ正面寄り側が階段、奥がエレベーターだ。つまり、廊下の中央に辿《たど》りついたということだ。

圭介は素早く計算した。非常口の扉は、内側から見て外向きに開く。すなわち、外から入る場合は、左から右に向けて扉は弧を描くわけだ。とすればその位置の敵を狙撃《そげき》しやすいのは、扉から見て右、圭介の今の位置からは、反対側の左、に清水がいることになる。

清水が廊下に留《とど》まっているならば決着はもっと早くについている。おそらく部屋の中から応射しているにちがいない。

清水が撃った。今度は圭介の位置からは、はっきりその銃火が見えた。一瞬でその体がひっこむのを、圭介の網膜は残像として捉えていた。ふた部屋進んだ時だった。

圭介はベレッタをつかんだ右腕をのばした。左手をグリップの下に添える。

撃て、撃ってこい。圭介は念じた。

正面に淡い光が見えていた。非常口の扉からさしこむ弱い外の夜光だ。

不格好で黒いノズルがその右側からのぞいた。圭介の反対側を向いている。ノズルが唸《うな》り、無数の死を吐き出した。清水の部屋の扉が弾《はじ》け、壁が漆喰《しっくい》を散らした。

圭介の位置からはそのノズルしか見えない。

ノズルがひっこんだ。清水は素早く二発撃った。清水の放った九ミリ弾が、鉄製の非常階段に当たり、カーンという余韻を残す跳弾となって、夜のどこかに消えた。同時に、圭介は行動を起こしていた。反対側の壁ぎわに大股《おおまた》の二歩で身を移すと、拳銃を構えた。

今度は、はっきりと扉の向こう側の人間の姿が見えた。固定式の双眼鏡のようなゴーグルを顔の上半分に装着している。微光を増幅し、正確な射撃を可能にする暗視スコープだった。サイレンサーの付いたサブマシンガンを肩に当て、一歩踏み出すと清水の部屋に向けて掃射した。

闇の中で浮かぶ、突出した二個のレンズは、昆虫の飛び出した複眼のようだった。圭介はそのレンズの下方を狙ってベレッタのトリガーを絞った。

咳《せき》こむような軽い破裂音を、ベレッタは二度たてた。レンズがパッと砕けた。男が両手を広げて、万歳をするように空を仰いだ。大の字で後方に倒れこむ。

圭介は素早く移動した。元いた右側の壁に身を移す。もう一人の応射に備えたのだ。

何かが背後で空を切った。

圭介は反射的に身をねじった。が、遅かった。左肩甲骨に固いものがこじ入れられる激痛が、圭介の口を開かせた。

圭介は呻《うめ》いて膝《ひざ》をつき、倒れた。

思った通りだった。右側の扉を使った敵は一人だけだったのだ。遅れて、もう一人が左側の扉から侵入する。敵も二派に分かれたのだ。圭介はうずくまるようにして見上げた。

闇の中に、確かに誰かが立っていた。皮肉なことに、今度は圭介が逆光にさらされる番だった。

圭介は、自分の肩につき刺さったのがナイフだと知っていた。自分の血の匂《にお》いも嗅《か》いでいた。すると、闇の中にいるのが前川なのだ。

清水の頭がさっと扉の方を見やり、反対側を向いた。圭介を認めた。

サブマシンガンが掃射された。

銃弾が、圭介の頭上をかすめ、清水が反対側の框《かまち》にドスンと体を叩《たた》きつけ、倒れた。

殺《や》られたぞ。

圭介は思った。だが、闇の中で、火を噴いたサブマシンガンの銃口は見ていた。考えていたより遠い。七、八メートルは離れていた。圭介は下にしている右手をさし上げた。

ベレッタミンクスのトリガーを絞った。闇に向かって三度咳こむと、ベレッタは沈黙した。弾丸切れだ。

あの距離でのナイフ投げを考えれば、前川の腕は確かにたいしたものだった。

銃が床に落ちる音を圭介は聞いていた。ナイフは心臓までは達していない。達していたら、俺《おれ》は今、何も感じない。

圭介は激痛の中で思った。かつて、撃たれ、刺された時はこれほどの痛みを感じなかった。熱と痺《しび》れを感じただけだ。

不思議だ。ここが戦地ではないからだろうか。

銃を拾い上げるために、床を這い回る音を圭介は聞いた。そして呻き。
・22の弾は、前川を殺しはしなかった。が、確かに傷つけたのだ。
圭介の右手がナイフにのびた。柄《え》を握り、そっと鞘《さや》から抜き出す。中指の腹を刃の背に当てるようにしてナイフを太腿《ふともも》にひきよせた。ゆっくりと肘《ひじ》を曲げる。

床にあてた耳に、はっきりと歩み寄ってくる足音が伝わっていた。

前川の姿がぼんやりと闇に浮かんだ。幽霊のように瘦《や》せている。砕けた右拳《みぎこぶし》を左掌で握り、歯をくいしばっている。左肩にかけたスリングにサブマシンガン、HK・MP5が吊《つ》られている。前川もまた暗視スコープのゴーグルを顔に装着していた。

「仕留めた、と思った」

吐き出すように、ゴーグルの下の口が動いた。

「前、川だな」

圭介はやっとの思いでいった。これだけの激痛を感じていながら、失神しないでいる自分が不思議だった。

「大、事な爪楊枝《つまようじ》を、俺の背中に忘れているぜ……」

拳から左手を離すと、ボタボタと大粒の血が滴るのが圭介にも見えた。前川の左手が腰から、もう一本のナイフを抜いた。

「今、お前の喉《のど》を掻《か》き切ってやる」

圭介はニヤリと笑った。それだけの装備を身につけていながら、前川はクラブ内のホストのいでたちをしていた。紺のブレザーにグレイのスラックスだ。滑稽《こっけい》だった。

「何がおかしい」

もともと歯が不完全咬合《こうごう》なのか、それとも痛みのせいか、前川の発音は、シュウシュウとした聞きづらいものだった。

「お前には良く似合うぜ、そのスタイル」

圭介はいった。

「ほざけ。爺《じじ》いはどこだ」

一歩、一歩、歩み寄ってきた。

「自分で、捜す、ことだ」

「耳から削《そ》ぐか、鼻から削ぐか」

ナイフがチラチラと薄く光った。圭介を見下ろす位置で、前川は立ち止まった。

「のんびりサディズムを楽しんでる暇はないぜ、もうすぐ大勢の人がやってくる」

「まだ、あるさ」

大きな声を出さずにすむのが、圭介には楽だった。

「すぐに終わるさ」

前川はかがみこんでいった。圭介はナイフの柄を握った右掌に力をこめた。

「河合を殺した時は、どうしてナイフを使わなかったんだ」

「誰だ？」

「河合だよ、文映社の」

「そんな奴《やつ》を殺した覚えはない。それより、爺《じい》さんの居所だ」

ナイフの刃先が圭介の首すじに当てられた。すっと動き、圭介は新たな、浅い痛みを味わった。

「お前じゃなけりゃ羽澄だな」

「何のことだ?!」

「辺見俊悟の担当編集者を殺した人間さ」

「馬鹿な。俺たちが殺るのは、お前ら三人だけだ」

いらだって前川はいった。階下の騒ぎが大きくなっていた。前川がさっと立ち上がり、階段の方角に向けて、MP5を連射した。

金切り声が聞こえた。男のものか、女のものかはわからなかった。

再びかがみこむと、口に咥《くわ》えていたナイフを左手にしていった。

「お前のいう通り、時間がないようだ。さっさと爺いの居所を吐け」

「河合を殺したのがお前たちじゃないことを知ればよかったのさ」

呟《つぶや》くように圭介はいった。

「何を――」

前川がいいかけた瞬間、圭介は力いっぱいナイフをそのふくらはぎに突き通した。

前川が絶叫した。立っていられずに転倒した。激痛に転げ回る。その痛みが圭介の比ではないことを、圭介は知っていた。どんなに勇猛な男だろうと、ふくらはぎを斬《き》られる痛みには耐えられないものだ。

圭介は右手を床についた。必死の思いで上半身を起こした。

「畜生、畜生、畜生」

涎《よだれ》をまきちらしながら、前川は叫んだ。左手がMP5をまさぐるのだが、痛みにじっとしていられないためにトリガーに指をかけられない。圭介は立ち上がり、体を丸くして転げる前川に近よった。

前川の落としたナイフが足元にあり、圭介のスニーカーに当たった。だが、それを拾い上げる気力が、圭介にはなかった。

右脚をあげ、フラつく体を壁にあてた右手で支えた。次いで踵《かかと》を、浮いている前川の後頭部に蹴《け》りこんだ。三回蹴りこんだ時、前川の首が音をたてた。前川の口が声を上げるのをやめた。

異様な角度で、その頭がかしいでいた。

圭介は清水の方に歩みよった。

清水は上半身を廊下に、下半身を部屋に残して倒れていた。のばした右手にブローニングハイパワーを握りしめている。

圭介はゆっくりとその頭に手をのばした。頭であったものは、生暖かい液体に濡《ぬ》れ、かたちを失っていた。ひっこめた指を頸動脈《けいどうみやく》に当てた。何も伝わってはこなかった。

圭介は最後の戦友を失ったのだった。

辺見の部屋の前まで戻った。そのドアは前川の死体のすぐ横にあった。兵士は、標的のすぐわきで命を落としたのだ。

圭介は扉をノックした。出血のせいで、フラつく体を立たせておくのが困難になり始めていた。

「高松だ、終わった！」

残っている力のすべてをふり絞って圭介は叫んだ。あとはドアを叩く力も残っていなかった。拳をドアにあて、圭介は体を支えた。

それが不意に開き、圭介は倒れこんだ。彼の体を受けとめたのは七十一の老作家だった。

19

いきなり圭介の目に飛びこんできたのはベッドのヘッドボードだった。うつぶせに自分が寝かされ、上半身は裸で、包帯でぐるぐるまきにされていることを圭介は知った。右腕に針がつき刺さり、チューブが、点滴の壜《びん》が、それに付属している。

痛みはなく、背中が重いだけだった。圭介は何も考えられなかった。ただやたら眠く、体の要求に再び従った。

次に目ざめた時には、頭が働いた。夜で、しかも自分が一人でないことを圭介は感じた。首を回すと、左の背中が痛みで、その存在を訴えた。

辺見がベッドのわきにかけ、厚い原稿の束に目を通していた。二点焦点式の眼鏡が鈍く、スタンドの明りを反射している。辺見は、執筆中に着ていたスウェットスーツ姿だった。背後に、食事の残骸《ざんがい》をのせた、ルームサービスのワゴンがあった。

圭介は目を閉じた。もう眠ることはないとわかっていた。

「刑務所の病院にしちゃサービスが良いようだな」

「刑務所ではない」

圭介は目を開いた。辺見がゆっくりと眼鏡を外した。そのツルが倒れて、パチリと音をたてた。

「クラブのホテルにいるのだ、まだ」

「どうしたわけだ。とっくに警察に引き渡されたと思ったが」

「クラブの経営者にとっては一世一代の大決心だったろう。だが、経営者も、会員も、殺人事件に巻きこまれ、クラブの存在を世間に知られることより、沈黙を望んだのだ」

「なるほど。清水の遺体はどうした」

「他の二人と一緒に荼毘《だび》に付された。一昨日の夕方に」

「俺《おれ》は一体、どれだけ眠っていたんだ」

圭介は感情を殺して訊《たず》ねた。鼻の奥が熱くなった。

「今日で三日目だ。あの晩から」

「何てこった」

「このクラブには中規模の病院なみの設備が整っていた。それでも輸血用の血が足りなかった」

「どうしたんだ」

「クラブの何人かの客と従業員が君のために血液を提供したよ。儂《わし》もその一人だ」

「あんたにだけは礼をいう必要はなさそうだ」

「誰にもない」

いって、辺見は葉巻をサイドボードから取り上げた。セロファンの包装をくるくるとはがす。

「彼らは自分たちの身が可愛《かわい》くてそうしたのだ。外部に血液の補給を要請すれば、クラブの存在がばれることになる」

「俺を見殺しにすればよかったんだ」

「その勇気もなかった。それに、もし君と清水くんが倒さなければ、あの二人の殺し屋はここで大量殺戮《さつりく》を働いたかもしれないのだ」

「他の連中は、奴《やつ》らの目的を知らないのか」

「松尾という名の支配人は知っている。彼がとても努力してくれた。もともと泊まり客が少なかったこともあるし、何が起きたか正確に知っている者はごく少数の人間なのだ」

「信じられんな」

「松尾くんがあの後、真っ先に八階に駆けつけたのだ。他の人間を入れないようにしておいて、君だけを儂と二人で階下に運び、医師に預けた。彼は懐中電灯を持ってきていたから、何が起こったか、すぐにわかったようだ。さすがに、最初は、ひどく戻してしまったが」

「銃はどうした」

「関係のあったものは、すべて、何もかも処分した。今では血痕《けっこん》すらないよ。何人かの客がすぐに翌朝チェックアウトしたが、警察に知らせる可能性はまったくないな」

「……ついてたな」

圭介は溜息《ためいき》とともに言葉を吐き出した。清水はちがった。羽澄と前川も。

「まったくだ。儂《わし》もこのように事が運ぶとは考えていなかった。だが……清水くんのことは何ともいいようがない」

「奴は苦しまなかった。後悔もしていなかった。むしろ楽しんでいたよ」

老人には理解できないようだった。

「どういうことかね」

圭介は右手をのばした。

「話す前に水を一杯、それに煙草《タバコ》をくれないか」

辺見は最初の要求にはすぐに応じた。どうやら、医師からの指示も受けているようだった。

「紙巻き煙草はこの部屋にない」

圭介は目を閉じた。清水の刺青《いれずみ》をした左手と、ジッポを思い出した。

「じゃあ、あんたのその煙突でいい。一本くれ」

辺見が葉巻をよこし、火をつけてくれると、圭介は話してやった。そうすることが、清水に対する義務のような気がしていた。

誰かが知っておくべきことのように思えたのだ。清水に身寄りがいない以上、これまでの彼の人生を語れるのは圭介しかいなかった。そうして聞いてやれるのも圭介ひとりだった。

だが辺見は例外だった。たとえ自分のゲームのためとはいえ、そのゲームは辺見の命を守るところから出発したのだ。そのゲームの過程で清水は命を落とした。したがって辺見には聞く義務があった。

圭介は出会いから、日本に舞い戻った経緯、そして戦った日々をすべて辺見に話した。辺見はひとつひとつを黙って聞いていた。

やがて圭介が話し終えると、しばらく黙っていた。そしていった。

「君が話してくれた話と、かなり似通ったものを、儂は読んだことがある。秀《すぐ》れたノンフィクションだと思った。確か、阿嶋進という男が書いておった」

「清水には『ＡＸ』があった。だが、日本に帰った頃の俺には、しばらく打ちこめるものが何もなかったんだ」

「…………」

辺見は黙って圭介の顔を見つめた。不意に合点したようだった。

「――では、君が」

「御愛読を感謝するよ」

「河合くんはそんなことは何もいわなかった」

「知らなかったのさ」

「児玉くんはどうだ、彼の上司の」

「担当者だ」

「君には驚かされる。戦う能力だけではなく、あのようなものを書く力を持っていたとはな……」

辺見は首をふった。そして、猿臂《えんぴ》をのばすと、灰の長くなった圭介の葉巻を取ってくれた。灰を落とし、再び圭介に渡した。

「それより、あんたのその原稿は完成したのかね」

「……ああ。出来上がった。東京に戻れば、児玉くんに渡すだけだ」

「読ませてもらえるかな」

辺見の唇がほころび、すぐに意地悪く閉じた。

「いいとも、といいたいところだが、今夜はもう君は充分疲れておる。明日、儂は君に原稿を見せよう」

「勝手にしてくれ」

圭介は手をふった。今はいわれた通りにする他はなかった。

「ところで、いつ俺は起き上がれるんだ」

「あと三日は無理だろうということだ。起きても無茶はできん」

「そいつを読んであんたの弟に会いにいくだけだ」

辺見は眉《まゆ》を曇らした。

「また危険を冒すことになる」

「大丈夫だ。あんたの弟は不安だろうが、あんたの安否がはっきりしないうちは、次の手も打てないだろうからな」

「君はまったく驚くべき男だな。強情で、時々、理性というものを失《な》くすようだ」

「いいや。充分、理性的さ」

圭介は、見飽きたヘッドボードを見上げた。

「河合を殺した犯人を見つけ出すぐらいにはな」


三日間、圭介は辺見の書いた原稿を横たわったまま読んで暮らした。この間、彼の世話をしたのは、その著者である辺見俊悟自身だった。年に似合わぬ怪力で、圭介の体を持ち上げ、負担をかけることなく包帯を取り替え、食事をあてがった。

三日目の夕方には、圭介はベッドに腰かけられるようになっていた。急激に体を動かすことさえしなければ、痛みを覚えることもなかった。

圭介の膝《ひざ》の上には読み終えた原稿の厚い束があった。今、彼はその内容を反芻《はんすう》していた。

圭介は重い息を吐いて煙草をひきよせた。

「あんたが弟について何を感じ、彼をどう描きたかったかは細大もらさずわかったよ。だが、人間心理の細かい部分は、はしょらせてもらう。問題は、松井直吉のその後だからな」

辺見は圭介の向かいで頷《うなず》いた。二人の間には、夕食ののったワゴンがあった。

「松井直吉は、その後西側の追及をうまくかわし、成功への階段を昇り始める。彼は危険を一切冒さない。少しでも身分がばれそうな行動は慎《つつ》しみ、東側が要求する本当に重要な情報だけを三十年間の間に十数度だけ送り続ける。東側もつまらぬ仕事に彼を用いて、正体を暴かれるような危険はさけている。

その間、松井直吉の任務は、日本に潜入してくる工作員のための資金調達だ。彼にはその才能があったのだろう。彼の運営する会社はどんどん成長し、それにともなって彼の周辺も豊かになってゆく。家族が増え、愛され、そこには束《つか》の間《ま》だが充足がある。彼はときとして、自分がスパイであることを忘れることすらある。しかし、その彼にも落とし穴が待っている。彼を追う読者にも。

一触即発の緊張状態をのりこえた東西両陣営にとって、今や戦いとは情報戦だ。世界をほぼ二分しながらも、それでも実体があるかどうか定かでない国際世論に対し、米ソは互いの正当性を主張しあう。しかもそのためには、相手にペナルティを科せるような情報が常に必要となってくる。

そしてあんたは松井直吉に疑問をぶつけている。なぜ、富にも恵まれ、地位も築いた男が、いつまでもそのような危険な仕事を続けるのかと。彼の連絡員は、ときを追うごとに若く、すなわち彼より年下になってゆく。なぜならばある者は年をとり、ある者は死に、ある者は逮捕されてゆくからだ。それでも松井直吉は懲りない。危険を冒さないとはいえ、本当に一寸《ちょっと》の差で正体が露見する危機をかいくぐってゆく」

「そうだ」

辺見は頷いた。

「もう一度確認しておく。この作品において、あんたの、弟に対する取材はまったくなかったんだな」

「していない。すべて儂の空想の産物だ」

「あんたの弟はそれを――？」

「取材がなかったことをかね。無論だ。嗅《か》ぎ回られて気づかぬ男ではない」

「内容についてはどうだ」

「知らんだろう。儂と河合くんのふたりしか読んではいないのだから」

河合が喋《しやべ》ったとしたらどうだろうか。圭介は思った。だが、誰に。

「あんたはこの物語の半ばまで通して、読者をペテンにかけている。読者はそこに読みすすむまで、松井直吉を前作同様、一個のスパイとして理解している。スパイではあるが、任務に忠実なスパイだとな。

だがそれは欺瞞《ぎまん》だったんだ。あんたは今いちど三十年をさかのぼり、暴露する。あの時、占領軍の追及をかわしたというのは真っ赤な嘘《うそ》、偽りだったとな。つまり、松井直吉は日本に帰国した直後から化けの皮をはがされ、裏切るよう圧力をうけていたんだ。アメリカの情報機関の手によって転向させられた二重スパイだったんだ……」

辺見の表情はなぜか苦しげに見えた。

「そうなると、読者は何もかも信じられなくなってくる。幾多の危機をかいくぐることができたのは、幸運でも何でもなく、そう仕向けられたものであったことを気づかされる。

西側は長い時間をかけ、そして勿論《もちろん》、松井直吉の信頼性を高めるために、本物の情報をも松井を通して流しつづける。だがかわりに、松井から幾つかの重要な情報を手に入れ、時には攪乱《かくらん》のために、いかにもそれらしい重要な誤情報を流すこともある。それによって東側が重大な失敗を犯すのを予期してだ。だが、それでも東側は松井の信頼性を疑うことはない。百パーセントの確実はありえない世界だからな。それに何より、彼の三十年にわたるキャリアが彼の信頼性を裏付けているんだ」

「……その通りだ」

「あんたの意図は何だったんだ。純粋に行為と目的を追う人間の表裏の差を描きたかったのか。俺にはわからんね。だが何しろ、読者はあっという間に足をすくわれる。松井直吉の苦悩は苦悩としても、今まで知ってきた文字の中の存在とはまったくちがう人間を感じとることになるからだ。そしてそれらはすべて、あんたにとって計算しつくされている。論理的な破綻《はたん》はない。そう知って初めから読んでも、松井直吉の言動には、どこにも矛盾はない。すごい作品だよ。確かに、あんたの出口となるにはふさわしいだろうな」

「そう思ってくれるかね」

「ああ思うとも」

驚いたことに辺見は含羞《はにか》んでいるように見えた。そして喜んでいた。

「河合は当然、この大仕掛けを知っていたんだな」

「知っていた」

「作品の最後で、松井は家族の一人を不慮の事故で失う。だが完璧《かんぺき》な悲嘆を演じてみせてくれている。読者は信じない。いや、ある者は信じるだろう。これは踏み絵のような小説だよ、ある意味では。人間の性を善ととるか、悪ととるかの、な」

「読者を悩ますだろう、と河合くんもいっておった」

辺見は瞑目《めいもく》していった。

「悩んだのは読者だけじゃないさ。松井直吉自身も悩んだだろうよ」

「……？」

辺見は目を開き眉《まゆ》をひそめた。

「あんたは期せずして、正解にぶつかったのさ。松井直吉は本当に、あんたが思ったような男――二重スパイだったんだ。そして、何のためにかはわからない。自分の死後、自分の正体がばれることをくいとめようとしたんだ。あんたを殺すことによってだ」

「だが、……だがこれが弟の本当の姿だとしても、どうして東側にそれがわかる？」

「偶然は二度重なれば偶然じゃなくなる。まして死期の近い人間のことだ。あきらめて真実をすべて語ったと考えてもおかしくはあるまい。問題は、彼がいったい、何を防ごうとしているかなんだ。自分がダブルスパイであったことが暴露されるためにおこる、何をだ」

圭介は辺見を見つめた。

「わからん。彼の家族が、彼の死後もおびやかされるとは、儂にも思えんが――」

「そんなことなら、殺そうとする前にあんたにすべて話したろう。俺はちがうと思うがね」

「では何だ？」

「そいつを確かめに行くのさ」

　圭介はいった。

20

　クラブを発《た》つときから雨になった。翌朝早く、圭介と辺見は列車に乗りこんだ。東京に到着したのは夕方だった。

　改札口をぬけると二人はタクシー乗場に並んだ。

「どこへ行くのかね」

　いささかの疲労も見せずに辺見は訊《たず》ねた。タフな老人だった。圭介は自分がつらい旅に疲労しきっているのを感じていた。傷口には、まだ縫合した糸が残っている。

「あんたの弟のところさ。あんたの家にも、俺《おれ》の家にも、俺は行けない。刑事が張り込んでいるだろうからな」

「君の無実は儂《わし》が証明できる。河合くんを殺したのは君でないことを――」

「では誰だという。クラブで骨にされた連中か？　いや、奴《やつ》らじゃない」

　辺見は驚いたように圭介を見つめた。圭介はずっとその話をせずに来たのだ。

「ではいったい、誰が――」

「そいつも確かめに行くんだ」

「儂も行く」

「よしてくれ」

圭介は笑った。

「俺が会いにいくのは、あんたを殺そうとした男だ。それに俺のボディガードとしての仕事は終わったよ。第一、能力がない」

辺見は憂鬱《ゆううつ》そうに雨の街を見つめた。口元の皺《しわ》が深い。だが意志を変える気はなさそうだった。

水飛沫《みずしぶき》を上げながら、一台、また一台と空車のタクシーがロータリーを回りこんだ。

「君が行っても弟が本当のことを話すと思うかね。いや、それよりも会うことすらできるかどうか」

「病院なんてところは、いくらでも抜け道があるものさ。それにあんたの弟に会わない限り、何ひとつわかったことにはならないんだ」

「だが儂たちは彼を告発することなぞできんぞ」

「そんな気はないさ。彼の理由さえ知ればどうにかなると、俺は踏んでいるんだ」

ようやく二人の順が来た。空車がすりよりドアを開いた。圭介が足を上げるより早く、辺見が乗りこんだ。この老人がどうして、そんな素早い動きを見せられるのか、圭介には驚きだった。

「乗りたまえ。さあ」

悠然として辺見はいった。圭介はその顔をにらみつけた。が、渋々乗りこんだ。

「それがわかった以上、やはりついていかぬわけにはいかんな。君の身を守れるのは儂ひとりなんだ。今からは、儂が君のボディガードというわけだ。儂と儂の小説が、だ」

むしろ愉快そうな様子だった。辺見は行き先を告げ、葉巻を取り出した。

圭介は議論する気にもなれず、ぐったりとシートに背をあずけた。だが、すぐに起こした。傷が痛んだのだ。

窓に目を向けた。見慣れた景色が滲《にじ》み、流れていった。

これからしばらく、雨の日には背中の傷が痛むだろう、圭介は思った。そして、痛むたびに清水のことを思い出すにちがいない。

「あんたの弟というのは幾つだ」

「今年、六十五になる」

「家族のことを聞いていなかったな」

「娘がひとり、もう嫁いでいる。弟の妻は一昨年亡くなったらしい。癌《がん》だったようだ」

老人も窓外の光景に目を向けたまま答えた。しばらく無言でいた。が、訊ねた。

「これまでのことが、弟の入院も含めて、すべてアメリカ側の演出とは考えられんかね」

「それはないな」

圭介は首をふった。

「奴らは滅多に外の世界の人間を殺そうとはしない。やり方もちがう。これは俺の考えだが、あんたの弟は今回のことを、東側はもちろん、西側の誰にも話してはいないだろう」

タクシーが大学病院の前庭にすべりこんだ。近代的な建物なのだが、病院である限りにおいて、決してなくならぬ陰気さがまといついている。そこから軽やかな足取りで出て行くのは、退院していく患者だけだ。入っていく者には、ひとりもそんな人間はいない。

圭介はタクシーを降りたつと思った。

巨大なガラス扉が自動的に開いた。待合室を兼ねた、幅の広い廊下がのびている。待合室の人影はまばらだった。

天井から吊《つ》られた蛍光灯には、そこは広すぎた。あちこちに影ができ、うずくまるようにすわる入院患者の姿がその影の数を増やしていた。

「病室はわかっているのか」

「最上階の個室だ」

老人と圭介は大股《おおまた》で廊下を通り抜けた。幾人かの看護師がそのかたわらを行き過ぎたが、誰も注意を払う者はいなかった。

奥ゆきのある大型のエレベーターに二人は乗りこんだ。腰のあたりにある手すりに圭介はつかまった。

空調がよくきいているにもかかわらず、圭介の背中はじっとりと汗ばんでいた。

「大丈夫かね」

辺見の視線に圭介は無言で頷《うなず》いた。俺は今、丸腰だ。もし、安藤という辺見の弟が羽澄らの代役を用意していたら、今の痛みとは、すぐにおさらばすることになる――圭介は考えていた。

エレベーターが止まり、扉が開いた。かすかに饐《す》えたような匂《にお》いと、冷えた食物の不快な匂いが鼻をついた。

その階は、末期の患者だけを集めるフロアのようだった。圭介は、はっきりと肌で死を感じた。重い沈黙と、ベッドの軋《きし》み、低い呻《うめ》き、を次々に耳が知った。

わずかな足音も患者の激痛に結びつく、とでもいうようにチャートを手にした一人の若い看護師がひそやかに歩いていった。廊下の中央にあるナースステーションに消える。

「どこの部屋だ」

圭介は訊ねた。

「手前からふたつ目だ。前に来たときは面会謝絶の札が下がっていたのだが……」

老人は低い声で答えた。圭介はその扉を見つめた。かなり大きな個室のようだった。不意に内側からその扉が開いた。

圭介と辺見は動かずに、その扉を見つめていた。二人が立っているエレベーターホールは、小さな喫煙室にもなっていた。圭介はゆっくりと煙草《タバコ》を取り出した。

出てきたのは二人の白人だった。ダークスーツを身につけ、きっちりとした服装《なり》をしている。ひとりは銀髪、ひとりは茶色の髪がわずかに後方にある程度だ。二人とも六十を越す老人だった。

鋭い視線を片方がこちらに飛ばすのを圭介は感じていた。が、すぐに目をそらし、大股でエレベーターの前に立った。どちらも、何もいわなかった。

エレベーターが二人を呑《の》みこみ、下っていった。

圭介は辺見と顔を見合わせた。小さく頷いて歩き出す。

病室の扉を開いたのは辺見だった。その後ろから圭介は足を踏み入れた。そこには病める者の熟《う》んだ呼気が淀《よど》んでいた。

窓と平行するように置かれた金属製のベッドに一人の老人が横たわっていた。痩《や》せ衰えている。そしてその他には誰もいなかった。

老人は目を閉じて、浅い呼吸をくり返していた。が、侵入者には気づいていた。

「体温計ならばそこに……」

しゃがれた声が色の悪い唇を割って出た。その老人は確かに辺見俊悟によく似ていた。もっと肉をつけ、血色を与え、薄くなった白い頭に毛髪を足してやれば、うりふたつだったにちがいない。だが、決して弟ではない。十《とお》は上の、辺見の兄のように、圭介には見えた。

「重次、儂だ」

辺見がいった。

老人はぱっと目を開いた。瞬《まばた》きをして、辺見を見つめた。

「……兄いか」

力のない笑みがゆがんでいた。

「そうか。失、敗したのだな」

「お前のやとった男たちは皆、死んだよ」

老人の目が辺見を外れた。束《つか》の間《ま》、圭介を見たが、すぐに天井に移った。興味を失ったようだった。

辺見はベッドに歩みよった。何かをいいかけ、一度は口をつぐんだ。両わきにたらされたその両手が、ぐっと拳《こぶし》を握るのを圭介は背後から見つめていた。

「重次……」

「…………」

「なぜ儂を殺そうとしたのだ？」

「………」

「お前は、本当に、あの作品のような人間だったのか？　だから殺そうとしたのか？」

「………」

横たわった老人は身動きもせず答えなかった。天井を見つめる目がときおり瞬くことだけが、彼を生きるものに見せていた。

「……二重スパイ」

辺見は押し出すようにその言葉を口にした。その瞬間、動かなかった病人の体が反応した。いいようない色をにじませた顔が、兄である作家の顔を凝視する。

「それが何だというんだ」

口をつぐむのは辺見の番だった。

「あんたに何がわかる。また他人《ひと》の人生を面白おかしく物語にしただけだろうが」

「創作物だったのだ」

「あんたにとってはな……」

「何を恐れているんだ、安藤さん。あんたは……」

病人は頭を巡らして圭介を見つめた。その物問いたげな視線に、辺見が代わって答えた。

「お前の雇った者たちから儂を守ってくれた男だ」

「ふん。くたばってしまえばよかったものを……」

「依怙地《いこじ》になるのはやめろ、重次。お前が困るのなら儂も考えよう」

「何をだ。自分の書いたものを反古《ほご》にするというのか」

「お前にとって、それが必要ならばな」

「信用できるか。俺が死んだらすぐに出すつもりだろうが」

「それではいかんのか？」

辺見は静かに訊ねた。返事はなかった。病人は目を閉じて深い吐息をついた。

「誰のためだ？　お前をつかってきた情報機関の連中か。彼らをかばいたいのか」

「馬鹿な。今じゃ奴らは、死にかけた人間から少しでも多く情報を絞りとろうと、堂々とやってくる。昔の連絡員までを、そのためにひっぱり出してよこす始末さ」

病人の口調がわずかだが和《やわ》らぐのを圭介は感じた。

「では誰だ、誰を助けるために儂らを殺そうとした」

「…………」

「お前の家族ではあるまいな」

「…………」

「家族だとすれば、あんたの身近にはいない人間だろうな。あんたにはどうやっても守ることができないような」

　圭介はいった。病人はそれでも目を閉じ答えようとはしなかった。横たわった男を前に沈黙の時間が流れた。圭介は辺見を見た。やりきれぬような悲しみの色を、作家は浮かべていた。

「兄いにはわからんよ」

　ふと呟《つぶや》くように病人が口を開いた。

「あんたは、自分がとりつかれた仕事のためならどんな犠牲をはらってもいいとわんだろう。あんたの大好きな、文学のためならな」

「そんなことはない」

　病人は歪《ゆが》んだ笑みをうかべた。

「いまさら何をいう。兄いがどれだけエゴイストかは俺にはわかってるんだ。あんたに俺が頼みこんだところで、あんたはあの小説を発表するのをやめはしなかったろう。何せ、全部あんたの空想なんだ。何ひとつ差し支えがないはずだからな」

「お前の家族に危険が及ぶというのか？」

「籍に入っている者だけが大事だというわけではないのだぞ、兄い。どうしようもなくて別れた相手もいるんだ」

「どういうことだ？」

病人はいったん、口をつぐんだ。血の気のない死骸《しがい》のような顔が天井を見すえた。

「一九五四年冬、俺たちは別れた。ソニアは、ロシアに帰り、俺の手元には――」

声は聞きとれぬほど小さくなった。

圭介は訊《き》いた。

「ソニアというのは何者だ？」

「………………」

「あんたの連絡員だったソビエトのスパイか？」

「………………」

「手元に残ったというのは何なんだ」

圭介は病人の目の光が急速に虚《うつ》ろになっていくのを見守っていた。もはや、意識がここにあるとは考えにくかった。

「重《しげ》、重次！」

辺見が耳元で呼びかけた。答える様子はなかった。

「別の世界にいっちまった」

圭介は、自分の問いがまちがっていなかったのだ、と思いながらいった。

「死んだのかね」

「いや、死んじゃいない。まだな」

辺見は圭介に目を移した。

「どういうことだね」

「あんたの弟のいった言葉か」

辺見は頷いた。

「はっきりとはわからん。だが、おそらく、これは俺の推測だが――あんたの弟には昔、惚《ほ》れあったソビエトの女性連絡員がいたのだろう。勿論《もちろん》、あんたの弟が二重スパイだなんてことは知らなかった。多分、あんたの弟が二重スパイに仕立てられて以来ずっと連絡員をつとめてきたんだ。五四年冬にその任務を他の者にひきついで、その女は帰った。二人の間は誰にも知られてはいなかったろう。たとえ知られていたとしても、男女の感情が入りこむ余地はない世界だからな。問題はその女――今ではいい婆《ばあ》さんだろう――が生きていて、ソビエトに住んでいるということなんだろうな。もし、あんたの作品によって、あんたの弟が二重スパイである、あった、という嫌疑をうければ、KGBは徹底的な調査を行うだろう。そして、その可能性ありと判断された場合、処分の対象はあんたの弟ひとりではすまんだろうな。万一、あんたの弟がその時点で死んでいたとしても、あんたの弟の連絡員たちもまた、二重スパイの嫌疑をうける。裏切者の仲間として断罪されぬまでも、祖国に重大な損害をこうむらせたとして、決して愉快な老後は待っちゃいない」

「三十年も前の女をかばおうとしていた、というのかね」

辺見は驚いたようにいった。

「ああ、今どき信じられないような純情な話だが、それには理由があったんだ」

圭介は浅い息に、薄い胸を動かしている病みさらばえた老人の体を見おろしていった。細く、枯れ枝のような腕に点滴の注射がつながれている。

「何かね」

「これから先は俺の勘さ。あんたの弟はたとえ意識を回復したとしても、口が裂けても喋《しゃべ》らんだろうからな。あんたの弟は、河合を殺した犯人を知ってる。そいつがあんたの弟に、あんたの今度の作品の内容を知らせたんだ」

「誰だ」

圭介は辺見を見やった。

「その前に、ここを出よう。ここはもう、俺たちのいるべき場所じゃない……」

21

「ここでいい」

自宅の前の袋小路に駐《と》まった白いクラウンを見て、圭介はいった。

タクシーは急停車してドアを開いた。金を払うために取り出した財布をしまうのもおっくうだった圭介は、手に持ったまま車を降りた。

ひどく疲れ、背中が痛んでいた。辺見とは病院の外で別れた。作家は書き上がった原稿を手に自宅に帰ったはずだ。圭介の方は、まっすぐベッドに這《は》いこむわけにはいかないようだった。

タクシーが走り去ると、バッグを足元におき、のろのろと圭介は財布をしまった。すぐには歩き出す気になれず、クラウンの後部を見つめた。

逮捕するつもりならば堂々とは車を駐めてはいまい。慎重に張りこんでいる――そう心に決めてバッグを拾いあげた。

近づいてゆくと、左右のドアが開いた。

「お帰りなさい」

佐伯が圭介を見つめていった。反対側では杉田が妙に静かな視線を向けてきていた。圭介の尻尾《しっぽ》を押さえたと思っているのだろう。

「長く待たせたかな」

なげやりに圭介はいった。佐伯は微笑を含んだ目で圭介を見つめた。

「いえ。十日足らずですよ」

「俺《おれ》に何か話でもあるのかな」

杉田がすっと前に進み出た。

「どこへ出かけていた」

「田舎だ」

「何をしに」

「静養。ときどきそうすることにしている」

「もうそんな口のきき方は通用しないぞ」

「任意同行か」

「いいえ」

佐伯が答えた。

「ただお会いしてみたかっただけですよ。次回はお食事でも、といっていましたからね」

「まだ俺を容疑者にするつもりはないんだな」

「永久に」

佐伯はいった。圭介は驚いた。

「見つけたのか、犯人を」

「いずれおわかりになるでしょう。高松さんがいらっしゃらぬ間、余計なお喋《しゃべ》りに時間を潰《つぶ》すこともなかったので」

「今度ばかりは口が固いな」

佐伯は微笑した。自信の証《あか》しのように見えた。

「動機についてはわかっているのか」

「だいぶ、こみいった事情があるようですな。河合さんは、誰にも知られていない交際関係があった」

「なるほど。確かにあんたは正解に辿《たど》りついたようだな」

「――いつわかりました？」

「さっきだ」

「私の方が早かった」

「逮捕したのか」

「あなたにお会いしてからと思ったのです」

杉田がいらだったように拳《こぶし》を覆面パトカーの屋根にのせた。

「コーヒーは？」

それを見て圭介は訊《たず》ねた。

「今夜は失礼しましょう。そう、明日にでもお食事をいかがですか。個人的に色々お話をうかがいたい」

個人的という部分に力をこめて、佐伯は訊ねた。

「いいだろう。俺はずっとここにいる」

佐伯は頷《うなず》いた。

「ところで辺見先生はどちらに」

「自宅だ。さっき別れたところだ」

「ずっと御一緒だったのですか」

「ああ」

「すると、もう脅迫の心配はない？」

「たぶん」

「実りある御旅行だったようですな」

「たっぷりとな」

「その割には顔色が冴《さ》えませんが」

「疲れているんだ」

「それは申し訳ないことをしました」

「いいんだ。あんたに会おうと思っていた」

「ほう？」

「あんたが知らなければ、犯人の名を教えてやろうと思ってね」

「御協力を感謝します。誰ですか」

「もうわかっているなら必要ないだろう」

「違っているかもしれない」

圭介は体重を片方の脚に移した。煙草《タバコ》をとり出したが、袋の中は空だった。それを握り潰すと、佐伯に訊ねた。

「煙草――」

佐伯が素早くラークを取り出した。歩み寄り一本受け取った。火をつけてくれる。深々と吸いこんだ圭介は、煙を吐き出してクラウンにもたれかかった。河合の死体を発見した玄関が目に入った。

「どうして犯人がわかった？」

「車ですよ。河合さんはタクシーを使わなかった。誰かが乗せていったわけです」

「目撃者がいたんだな」

「ええ。駐車場の管理人が見ていました」

「実に簡単だ」

「そんなものです」

「今夜、酒を飲みに行くかもしれない」

「大丈夫です」

「止めないのか」

圭介は佐伯を見つめた。

「交換条件。明日の夕食ですべてを話して下さるなら」

「すべて？」

「血が匂《にお》いますよ。高松さんの体からは」

「何人か殺したんでね」

杉田が眉《まゆ》を吊《つ》り上げた。

「冗談ととっておきましょう」

圭介はこのやりとりにも疲れ始めていた。すべてを話してしまいたい衝動にかられた。

そしてそう思いいたった自分に、薄い笑みをうかべた。

「どうしました」

「あんたは確かに喋らせる名人だ。つい苛《いら》だって喋っちまいそうになる」

「わかりましたか。それが手なんです」

「さっさと行ってくれ。子供の頃からのすべての罪を告白したくなる前に」

佐伯は声をたてて笑った。

「それも興味深い話です。が、今度の楽しみにしましょう。それじゃ――」

シートにすべりこんで圭介を見上げた。

「深酒はくれぐれも慎《つつし》んで下さい」

杉田がエンジンを始動させると、扉を閉めた。

「明日、お電話します」

ゆっくり後退するクラウンの中で、佐伯は軽く手を振った。立ったままそれを見送った圭介は、尾灯が見えなくなると煙草を落とした。

踏みにじり消すと、バッグからキイを取り出した。シャワーを浴び、着換えてから飲みに出かけるつもりだった。


アストンマーチンを「ＡＸ」の裏に駐めた。シャッターが閉ざされ、ネオンを落としたバーの周囲には人影がなかった。圭介は腕時計を見た。午後十一時を数分回っている。

車を降りると、二度と開かれることのないバーの入口を見つめた。「臨時休業」の手書きの看板が金属の門に下がっていた。清水の字だ。

やがて定期連絡のないのを知った弁護士がこの店を処分するだろう。居心地の良い店と、気持の良い友人のふたつを圭介は失った。ゲームの敗北は生活の終わりも意味している。

家を出る時にひっかけてきたスイングトップのファスナーを圭介はひき上げた。夜気を肌寒く感じたのだ。

踵《きびす》を返して歩き始めてすぐ、それが気候のせいではないとわかった。体の内側から冷え出しているのだ。

「アマゾネス」は混《こ》んでいた。厚い樫《かし》の扉を押し開くと、待ち構えていたような笑い声が耳を打った。

淀《よど》んだ煙をつき通してスポットライトが店内正面のステージにのびていた。ポーズを取り、筋肉をもり上げているジュリアが浮かび上がっている。

圭介はゆっくりと店内を横切った。圭介の肩が光線を一瞬だが遮った。ジュリアがこちらを見、圭介に気づいた。

ステージの横手に作られたカウンターに、圭介は腰をおろした。虎皮《とらがわ》のケープを着けたバーテンダーが圭介の前に立った。

「オンザロックを。文映社の河合のボトルを出してくれ」

無言で頷いたバーテンダーは、頭をつるつるに剃《そ》り上げた巨大な黒人だった。腕のつけ根は、子供の太腿《ふともも》ほどの筋肉がついている。

圭介は煙草をつけ、店内を見回した。客はボックスの半分以上を埋めている。大半が女同士だった。

「木曜は女性客感謝デーなの」

耳元の声に圭介は振り返った。汗を光らせたジュリアが立っていた。

「いらっしゃい」

圭介の肩に手をかけ、するっと圭介の隣に腰をおろした。

「新しいバーテンを雇ったようだな」

「女ばかりじゃやっぱり心細くて……」

黒人の巨漢が戻ってきて首を振った。

「カワイさん、ボトルない」

「いいわ、シンバ。私のを出して」

ジュリアが結い上げた髪に手をやっていった。今夜はビキニタイプの豹《ひょう》のがらの水着を着けている。瑪瑙《めのう》は額にあった。

ジュリアが指をのばして、圭介の手の甲をつねった。囁《ささや》きかける。

「もう来ないでっていったのに」

「腕相撲の勝負がついていないんだ」

ジュリアは微笑した。

「意地悪」

シンバと呼ばれたバーテンダーがオンザロックと水割りのグラスを並べた。

新たなショウがステージで始まり、客の視線はそっちに釘《くぎ》づけになっている。ジュリアはグラスをかかげた。小声でいった。

「乾杯」

圭介はロックグラスをそれに当てた。

「乾杯。なぜ河合を殺したんだ？」

ジュリアの笑顔が凍りついた。圭介はスコッチをひと口飲み、グラスをおろした。

「母親を守るためか。河合が君の裏切りに気づいたからか」

「両方よ」

グラスを置いたジュリアは無表情になっていった。

「お袋さんの顔は知ってるのか」

「二度会ったわ。母は、父を信じてた。裏切り者だなんて露ほども思っていなかった」

「君は誰に育てられたんだ」

「父と母がよく連絡場所に使った、ロシア料理店のコック長よ。お金では一度も苦労はしなかったわ」

「父親を恨もうとは思わなかったのか」

「恨んでどうなるの。みんな、私が生まれる前の出来事だわ」

圭介はグラスを口に運んだ。ひどくしんどい気分だった。

「河合にはわざと近づいたわけだ」

ジュリアはすぐには答えず、圭介を見つめた。

「どうして私がやったとわかったの」

「君の父親に会ってきた」

「父がそういったの？」

圭介を凝視してジュリアは訊ねた。

「いや。彼は何もいわなかった。みんな俺の勘さ」

「やっぱり」

ジュリアは唇をかんだ。

「あなたは危険な人だったわ」

「河合は本気だったのか、君に」

「そうね。だったみたい」

「あの晩、何があった」

ジュリアはグラスを手にして立ち上がった。

「奥に行きましょ。シンバ！　オフィスにお酒を運んで！」

汗とオイルで光った後ろ姿が、ステージわきのカーテンをくぐるのを、圭介は見つめていた。圭介の口を塞《ふさ》ぐつもりなのかもしれない。

グラスとボトルをひょいと摑《つか》んで圭介は立ち上がった。

オフィスというのは、八畳ほどの大きさの部屋だった。スティールのデスクと金庫、本革張りの応接セットが置かれている。暗色のガラスドアをくぐると、ジュリアがブルーのバスローブをまとったところだった。部屋の中は、たきこめた香のかおりがした。

「すわって」

ジュリアは応接セットを示した。圭介はボトルを置き、三人がけのソファに腰をおろした。シンバがトレイにのせた氷と水を運んできた。

「ありがとう、シンバ。呼ぶまで誰も入れないでね」

女王のようなジュリアの命令に、黒人は頷いて退《さ》がった。ジュリアは圭介の向かいに腰をおろした。ゆったりと脚を組む。

「父の雇った連中は失敗したのね」

「完全な失敗とはいえない。俺は大切な友人をなくした」

「でもあなたは生き抜いた。私はあなたなら、辺見俊悟を守ると思ったわ。いったでしょ、私には強い男はわかるの」

「河合はどうだった」

「優しすぎたわ。私のためにすべてを話してくれた。私の知りたいことは何もかも」

「では、なぜ殺したんだ」

「辺見が死んだ時、疑いを持ちそうだったから。辺見は最初からおかしなやつの仕業なんて思っていなかったのよ。彼が辺見をここに連れてきたとき、二人の話を横で聞いていてわかったわ。だから危いと思ったの。彼が辺見の新作の内容を話したのは、その時点で私ひとりだったから」

「君は河合に、自分は辺見の愛読者だと偽ったんだな」

ジュリアは頷いた。輝く目と額の瑪瑙が圭介を見すえた。

『陰《かげ》の間《はざま》』で好きになったといったの」

「そのために、河合は、辺見の新作の驚くべき仕掛けを君に話してくれたわけだ」

「そう」

「君はずっと河合を通じて辺見の活動に注目していたのか」

「偶然よ。彼がこの店に来なければ、私も父も何も知らなかった」

「皮肉な話だ。三十年も前のラブストーリイを守るために、君と父親は殺人を犯したんだ。しかもそいつを壊そうというのは、たった一本の小説で、それはみんな作家の頭の中でこしらえられたものだったのだから」

「母だってもう年よりだわ。静かに暮らさせてあげたかったのよ」

低い声でジュリアはいった。

「そのために、何の関係もない河合を殺してもか」

「あの人が辺見俊悟にあの小説を書かせたのだわ」

「だがそれも、偶然の一致だった。辺見俊悟は虚構の世界での裏切り者を書こうとしたんだ」

「だからこそ、父は許せなかったの」

「河合を殺したのは君自身だな」

「ええ。私が車であなたの家の前まで送っていったわ。彼はあなたのことを話してくれたの。頼りになる男だと。私のことも話してしまいそうだったわ。私とあの人の関係を誰かに知られるわけにはいかなかった」

「俺がここに来た晩、君は簡単に店を抜け出した。あれと同じようにやったわけだ」

「もっと簡単だったわ。すいていたから」

「馬鹿げた話だ。放っておいても死ぬ人間のために、何人もが命を落とした」

だがそれでも父娘には放っておけない理由があった。遠い国でかつて愛した男と、その間に生まれた娘を想《おも》う母。

とんだ茶番だ。圭介は思った。なぜなら、その母を最も手ひどく裏切ったのは、愛する男自身なのだから。

「母は私を産んですぐ本国に戻されたわ。私は八ヵ月に満たない未熟児だったのよ」

「河合は残念に思ったろうな。君に首を絞められたとき。大の男が、自分の惚《ほ》れた女に利用され、殺されたのだから」

ジュリアの眼が翳《かげ》った。

「あなたも帰せないわ。私、あなたには惹《ひ》かれた。だからつらい」

圭介は立ち上がった。

「無駄なことだ。俺を殺しても、やがて警察が君を知る」

ジュリアは微笑《ほほえ》んだ。

「その頃は私、モスクワにいるわ。母の許《もと》に」

圭介は首を振った。

「君にはそんな暇はない。あきらめることだ」

「シンバ！」

ジュリアが叫んだ。ガラスの扉が開き、のっそりと巨漢が姿を現わした。

「あなたを忘れないわ」

ジュリアが呟《つぶや》くようにいうと、シンバは無表情な視線を圭介に向けた。右脚がのびて、センターテーブルをわきへどける。

「殺しなさい、シンバ」

鞭《むち》のような声音でジュリアは命令した。黒人はゆっくりと太い腕をのばした。圭介は両手をわきにたらして立っていた。大男の吐く息が額に感じられるまで、圭介は待った。黒くごつい輪が、圭介の喉笛《のどぶえ》にかかった瞬間、圭介は膝《ひざ》を黒人の股間《こかん》につき上げた。

シンバは唸《うな》り声を上げて、両手を下腹部にやった。滑稽《こっけい》なほど鈍く、のろかった。半分以上入ったボトルを圭介は逆さにつかんだ。

つるつるの後頭部に叩《たた》きつける。

破片と酒がとび散った。声もたてずに、大男はソファに倒れこんだ。

目を瞠《みひら》いているジュリアに圭介はいった。

「ゲームはもう終わっているんだ。君にできることは何もない。素直にしていることだ」

ソファをまたぐと、ジュリアの前に立った。ジュリアは唇を震わして圭介を見上げた。

「もうここへは来ない。腕相撲の勝負はこの男と片付けてしまったからな」

「すべてを壊してしまったわ、あなたは」

ジュリアは首をふっていった。

「そうじゃない。もともと壊れていたんだ。生きのびる者にしか、ゲームの参加資格はないんだ。君にはわかるまいが……」

そういい捨てて、圭介は部屋を出ていった。「アマゾネス」の階段を昇り、地上に上がると、圭介は腕時計を見た。

午前零時を少し過ぎている。あのディスコに行けば、二人の女子大生に会えるかもしれない。

二週間前にし残したパーティの続きができるか試してみるのも悪くはなかった。今度こそ楽しい騒ぎになるだろう。

死体のお出迎えさえなければ。

圭介は歩き出した。

この作品は、一九八三年九月、講談社より刊行されました。

66. 天使の爪《上・下》	小学館	2003・8
	カッパ・ノベルス	2005・6
	角川文庫	2007・7
67. 帰ってきたアルバイト探偵《アイ》	講談社	2004・2
	講談社ノベルス	2005・10
	講談社文庫	2006・10
68. パンドラ・アイランド	徳間書店	2004・6
	トクマ・ノベルズ《上・下》	2006・5
	徳間文庫《上・下》	2007・10
69. ニッポン泥棒	文藝春秋	2005・1
	カッパ・ノベルス	2007・2
70. 亡命者　ザ・ジョーカー	講談社	2005・10
	講談社ノベルス	2007・9
71. 魔女の笑窪	文藝春秋	2006・1
72. 狼花　新宿鮫IX	光文社	2006・9
73. Kの日々	双葉社	2006・11
74. 影絵の騎士　B・D・T 2	集英社	2007・6
75. 魔物《上・下》	角川書店	2007・11

	角川文庫	2004・9
56. 撃つ薔薇　AD2023涼子	光文社	1999・6
	カッパ・ノベルス	2000・1
	光文社文庫	2001・10
57. 夢の島	双葉社	1999・9
	双葉ノベルス	2001・8
	双葉文庫	2002・11
	講談社文庫	2007・8
58. 新宿鮫　風化水脈	毎日新聞社	2000・8
(改訂『風化水脈　新宿鮫Ⅷ』)	カッパ・ノベルス	2002・3
	光文社文庫	2006・3
59. 心では重すぎる	文藝春秋	2000・11
	カッパ・ノベルス	2003・1
	文春文庫《上・下》	2004・1
60. 灰夜　新宿鮫Ⅶ	カッパ・ノベルス	2001・2
	光文社文庫	2004・6
61. 闇先案内人	文藝春秋	2001・9
	カッパ・ノベルス	2004・1
	文春文庫《上・下》	2005・5
62. 未来形J	角川文庫	2001・12
63. ザ・ジョーカー	講談社	2002・4
	講談社ノベルス	2004・8
	講談社文庫	2005・9
64. 砂の狩人《上・下》	幻冬舎	2002・9
	幻冬舎ノベルス	2004・1
	幻冬舎文庫	2005・8
65. 秋に墓標を	角川書店	2003・4
	カドカワ・エンタテインメント	2004・11
	角川文庫《上・下》	2006・6

45. 天使の牙	小学館	1995・7
	カッパ・ノベルス《上・下》	1997・6
	角川文庫《上・下》	1998・11
46. 炎蛹　新宿鮫Ⅴ	カッパ・ノベルス	1995・10
	光文社文庫	2001・6
47. 雪蛍	講談社	1996・3
	講談社ノベルス	1998・3
	講談社文庫	1999・3
48. 眠たい奴ら	毎日新聞社	1996・11
	ジョイ・ノベルス	1998・11
	角川文庫	2000・10
49. エンパラ（対談集）	光文社	1996・11
	光文社文庫	1998・6
50. 北の狩人	幻冬舎	1996・12
	幻冬舎ノベルス《上・下》	1998・6
	幻冬舎文庫《上・下》	1999・8
51. 涙はふくな、凍るまで	朝日新聞社	1997・5
	講談社ノベルス	1999・6
	朝日文庫	2000・10
	講談社文庫	2001・10
52. 冬の保安官	角川書店	1997・6
	角川文庫	1999・11
53. 氷舞　新宿鮫Ⅵ	カッパ・ノベルス	1997・10
	光文社文庫	2002・6
54. かくカク遊ブ、書く遊ぶ	小学館文庫	1998・1
	角川文庫	2003・7
55. らんぼう	新潮社	1998・9
	カッパ・ノベルス	2000・9
	新潮文庫	2002・2

35. ウォームハート	スコラ	1992・12
コールドボディ	講談社文庫	1994・7
36. 黄龍の耳	ジャンプＪブックス（集英社）	1993・3
	集英社文庫	1997・11
	（『黄龍の耳　2』と合本）	
37. 屍蘭　新宿鮫Ⅲ	カッパ・ノベルス	1993・3
	光文社文庫	1999・8
38. B・D・T　掟の街	双葉社	1993・7
	双葉ノベルス	1995・9
	双葉文庫	1996・11
	角川文庫	2001・9
39. 無間人形　新宿鮫Ⅳ	読売新聞社	1993・10
	カッパ・ノベルス	1994・7
	光文社文庫	2000・5
40. 走らなあかん、夜明けまで	講談社	1993・12
	講談社ノベルス	1996・2
	講談社文庫	1997・3
41. 流れ星の冬	双葉社	1994・9
	双葉ノベルス	1996・11
	双葉文庫	1998・9
42. 悪夢狩り	ジョイ・ノベルス（有楽出版社）	1994・9
	角川文庫	1997・11
	徳間文庫	2004・3
43. 陽のあたるオヤジ	集英社	1994・11
―鮫のひとり言	集英社文庫	1997・8
44. 黄龍の耳　2	ジャンプＪブックス	1994・12
	集英社文庫	1997・11
	（『黄龍の耳』と合本）	

25. 絶対安全エージェント	ジョイ・ノベルス	1990・5
	集英社文庫	1994・1
26. 相続人TOMOKO	天山出版	1990・5
	Tenzan Novels（天山出版）	1992・6
	講談社文庫	1993・12
27. 六本木聖者伝説 —魔都委員会篇	双葉社	1990・6
	双葉ノベルス	1992・7
	双葉文庫	1993・8
28. 死ぬより簡単	講談社	1990・7
	講談社ノベルス	1992・8
	講談社文庫	1993・7
29. 新宿鮫	カッパ・ノベルス（光文社）	1990・9
	光文社文庫	1997・8
	双葉文庫（日本推理作家協会賞受賞作全集64)	2005・6
30. アルバイト探偵《アイ》 —拷問遊園地	廣済堂ブルーブックス	1991・1
	廣済堂文庫	1994・8
	講談社文庫	1997・7
31. 毒猿　新宿鮫Ⅱ	カッパ・ノベルス	1991・8
	光文社文庫	1998・8
32. 一年分、冷えている	PHP研究所	1991・9
	角川文庫	1994・7
33. 烙印の森	実業之日本社	1992・4
	ジョイ・ノベルス	1995・1
	角川文庫	1996・8
34. 六本木聖者伝説 —不死王篇	双葉社	1992・7
	双葉ノベルス	1994・10
	双葉文庫	1996・11

16．シャドウゲーム	トクマ・ノベルズ	1987・8
	徳間文庫	1991・10
	ケイブンシャ文庫	1995・9
	角川文庫	1998・7
17．危険を嫌う男	ジョイ・ノベルス（実業之日本社）	1987・10
（改題『無病息災エージェント』）	集英社文庫	1990・8
18．女王陛下のアルバイト探偵《アイ》	廣済堂ブルーブックス	1988・4
	廣済堂文庫	1992・1
	講談社文庫	1996・7
19．眠りの家	勁文社	1989・2
	ケイブンシャ文庫	1990・12
	角川文庫	1993・10
20．暗黒旅人	中央公論社	1989・2
	中公文庫	1991・10
	C★NOVELS（中央公論社）	1996・1
	角川文庫	1997・4
21．氷の森	講談社	1989・4
	講談社ノベルス	1991・11
	講談社文庫	1992・11
	講談社文庫（新装版）	2006・8
22．六本木を一ダース	河出書房新社	1989・9
（改題『六本木を１ダース』）	角川文庫	1995・7
23．不思議の国のアルバイト探偵《アイ》	廣済堂ブルーブックス	1989・12
	廣済堂文庫	1992・8
	講談社文庫	1997・1
24．銀座探偵局	ケイブンシャノベルス	1990・1
	ケイブンシャ文庫	1993・4
	光文社文庫	1997・6

	集英社文庫	2007・11
8．夏からの長い旅	角川書店	1985・4
	角川文庫	1991・12
	ケイブンシャ文庫	1997・2
9．深夜曲馬団《ミッドナイト・サーカス》	光風社出版	1985・7
	徳間文庫	1990・4
	角川文庫	1993・6
	ケイブンシャ文庫	1998・2
10．東京 騎士団《ナイト・クラブ》	徳間書店	1985・8
	徳間文庫	1989・5
	光文社文庫	1997・5
11．漂泊の街角	双葉ノベルス	1985・12
	双葉文庫	1988・5
	ケイブンシャ文庫	1992・6
	角川文庫	1995・10
12．追跡者の血統	双葉社	1986・3
	双葉文庫	1988・12
	ケイブンシャ文庫	1992・10
	角川文庫	1996・10
13．アルバイト探偵《アイ》	廣済堂ブルーブックス	1986・8
	桃園文庫	1988・11
	廣済堂文庫	1991・8
	講談社文庫	1995・7
14．悪人海岸探偵局	集英社	1986・11
	集英社文庫	1990・7
15．アルバイト探偵《アイ》Ⅱ —避暑地の夏、殺し屋の夏	廣済堂ブルーブックス	1987・8
（改題『調毒師を捜せ　アルバイト探偵《アイ》』）	廣済堂文庫	1989・11
	講談社文庫	1996・1

大沢在昌　著作リスト

（2007年11月現在、絶版を含む）

作品名	版元	刊行年・月
1．標的走路	双葉ノベルス	1980・12
	双葉文庫	1986・8
	文春ネスコ	2002・12
2．ダブル・トラップ	ＳＵＮノベルス（太陽企画出版）	1981・3
	徳間文庫	1984・5
	集英社文庫	1991・11
3．ジャングルの儀式	双葉ノベルス	1982・1
	角川文庫	1986・12
4．感傷の街角	双葉ノベルス	1982・2
	双葉文庫	1987・11
	ケイブンシャ文庫	1991・6
	角川文庫	1994・9
5．死角形の遺産	トクマ・ノベルズ	1982・7
	徳間文庫	1986・12
	集英社文庫	1992・6
	徳間文庫（新装版）	2007・7
6．標的はひとり	カドカワノベルズ	1983・1
	角川文庫	1987・11
	カドカワノベルズ（新装版）	1995・3
7．野獣駆けろ	講談社ノベルス	1983・9
	講談社文庫	1986・8
	廣済堂文庫	1996・12
	講談社ノベルス（改訂新版）	1999・3

S 集英社文庫

野獣駆《やじゅうか》けろ

2007年11月25日　第1刷　　定価はカバーに表示してあります。
2024年6月17日　第9刷

著　者　大沢在昌《おおさわありまさ》

発行者　樋口尚也

発行所　株式会社　集英社
東京都千代田区一ツ橋2-5-10　〒101-8050
電話　【編集部】03-3230-6095
【読者係】03-3230-6080
【販売部】03-3230-6393（書店専用）

印　刷　大日本印刷株式会社

製　本　大日本印刷株式会社

フォーマットデザイン　アリヤマデザインストア　　マークデザイン　居山浩二

本書の一部あるいは全部を無断で複写・複製することは、法律で認められた場合を除き、著作権の侵害となります。また、業者など、読者本人以外による本書のデジタル化は、いかなる場合でも一切認められませんのでご注意下さい。

造本には十分注意しておりますが、印刷・製本など製造上の不備がありましたら、お手数ですが小社「読者係」までご連絡下さい。古書店、フリマアプリ、オークションサイト等で入手されたものは対応いたしかねますのでご了承下さい。

© Arimasa Osawa 2007　Printed in Japan
ISBN978-4-08-746232-6 C0193